# 偽典・演義

~とある策士の三國志~

giten engi

# 目次

# 偽典・演義

～とある策士の三國志～

giten engi

# 陸 6

## 主な登場人物紹介

### 李儒（りじゅ）

?（165年）～192年

本作の主人公で、現代日本のサラリーマンが中国・後漢時代の弘農郡の名家に生まれた李儒に転生した。大将軍・何進の部下を足がかりに出世、何進の暗殺後は弘農に隠遁し、陰で董卓や曹操らを操る。

### 董卓（とうたく）

?年～192年

洛陽を焼き払い、政権をほしいままにした暴虐の人とみなされることが多いが、本作では李儒の手のひらの上で踊らされて出世を果たしている。外見はいかついが、孫娘の董白を溺愛するなど、人間臭い面も多い。

### 荀攸（じゅんゆう）

157年～214年

何進が全国から招へいした名士20人の1人として大将軍府に出仕して、李儒の同僚となった才気あふれる俊才。とはいえ本家『三国志』では、董卓暗殺を企てたり、曹操に参謀として仕えたりと、わりと機を見るに敏な性格。

## 袁紹（えんしょう）

？～２０２年

名門のお坊ちゃん。本家『三国志』では実力者として描かれているが、本作では名門・汝南袁家出身を鼻にかける、器量に乏しい人物として描かれている。一応反董卓連合のトップに立っているものの、組織をまとめ上げるには問題が多々あり。

## 董白（とうはく）

１７６年以降～１９２年？

長安へ遷都した時に、まだ15歳にもなっていなかったにもかかわらず領地を与えられるなど、祖父・董卓が愛してやまない孫娘。小柄だが気が強く、ツンデレ系お嬢様ではあるが、乗馬、武術を一通りこなすなかなかの女傑である。

## 王允（おういん）

１３７年～１９２年

若い頃には「一日に千里を行く名馬のごとき人物」という高評価を得ていたが、長じるにつれて名誉欲がふつふつと湧き上がってくる。史実では美女・貂蝉をめぐる三角関係の末に呂布が董卓を殺す「美女連環の計」を画策したことになっているのだが……。

## 司馬懿（しばい）

１７９年～２５１年

弱冠8歳のお子様でありながら、李儒の一番弟子となった頭脳明晰な少年。キレッキレであると同時に抜け目のない野心家でもあり、後に諸葛孔明のライバルとなる。首だけ１８０度後ろに回して振り返る「狼顧の相」というホラーチックな得意技を持つ。

# 偽典・演義 陸6
~とある策士の三國志~
giten engi

# 関連年表

189（中平6）年9月 後宮に参内した何進が暗殺される。
何進の死後、洛陽に入った董卓が実権を握る
190（初平元）年1月 袁紹を中心に反董卓連合結成
2月 長安に遷都
董白が董卓により渭陽君に封ぜられる
191（初平2）年2月 反董卓連合の孫堅が董卓軍を破る（陽人の戦い）
袁紹の反董卓連合が董卓軍と虎牢関で激突（『演義』で描かれた架空の戦い）
反董卓連合、洛陽へ入城
6月 洛陽で大火
反董卓連合、洛陽で解散
袁紹、冀州の韓馥の下へ
10月 曹操、陳留を実効支配。その後東郡の太守に任命される
11月 **董白が弘農へ入る**
袁紹、冀州牧の地位を韓馥から奪取
荀彧が曹操の配下となる

192（初平3）年1月　公孫瓚の下を劉備が訪れる
3月下旬　司馬懿が長安で王允と面会
4月　劉協、何太后、蔡邕らが弘農に入る
5月　劉弁が勅命を出す

＊太字は小説内で起きたフィクションです。

前巻までのあらすじ

反董卓軍の足並みは乱れていく中で、
都では王允が権力をふるっていた。その暴政を止めるため、
董卓は弘農にいる李儒の下に、溺愛する孫娘・董白を送る。
弘農には、王允に投獄された蔡邕の娘・蔡琰も避難していた。
そんな時、呂布は王允の養女・貂蝉を愛するが、
貂蝉が董卓の愛人になると聞かされて直談判に赴く。
寝耳に水の董卓は弘農にいる李儒らに判断を任せるのだが……。

# 偽典・演義

~とある策士の三國志~

giten engi

陸6

## 第三章　動乱の予兆

# 四〇　プロローグ

## 一

**初平三年（西暦一九二年）三月　司隷弘農郡・弘農**

再来月には皇帝の喪が明けるため、今や長安以上に国中の人間から関心を寄せられている弘農に於いて、皇帝である劉弁とその側近と目されている少年、司馬懿がとある打ち合わせを行っていた。

「なるほど。それじゃあ、一度しばいが長安に行って協と母上を連れて来るんだね？」

「はっ。陛下と同門であり議郎である某が、陛下からの私的な書状を持って丞相殿下や皇太后様に書状を届け、さらに御二人の移動に付き添うことを妨害できる法はございません。故に、この件については京兆尹である父も異を唱えることはないと思われます」

「あ〜しばいの父上か〜。太傅から話は聞いてるけど、すっっっっごく融通が利かないんだよね？」

「……まぁ、そうですね」

司馬懿の父である司馬防は、誰もが認めるガチガチの儒家であり、職場はおろか自宅であっても一切気を抜かず、息子たちと話す際にも子に座らせることはないと言われるほどに厳格な男である。

李儒の弟子となる前の司馬懿はそれが当たり前のことだと思っていたのだが、今は内心で『あの父は少しおかしいのかもしれない』と思う程度には意識改革が進んでいるもよう。周囲から厳格と評されながらも、皇帝やその側近となっている息子からはそんな何とも言えない扱いを受けている司馬防の評価についてはともかくとして、重要なのは『彼が邪魔をしない』ということである。

元々儒教の教えでは、喪中に一切の公務を行ってはならないというものが有るので、今の段階で皇帝である劉弁が丞相である劉協を呼び出すのはよろしくない。だからこそ今回の呼び出しは私的なものになるのだが、私的な用事で丞相を呼びつけるのも当然よろしくはない。それらの事情があるので、司馬防を筆頭とした儒教を絶対の指針とする名家の連中が、悪意などないままに今回の司馬懿の行動に異を唱え、妨害工作のようなことを行ってくる可能性は極めて高いとみなされていた。

……基本的に名家の連中など歯牙にも掛けない精神性を有する司馬懿であるが、さしもの彼とて父である司馬防に妨害されては、その動きを封じられてしまうのは仕方のないことであろう。だからといって司馬懿以外の人間に両者を迎えにいかせればいいのかと言えばそうではない。なにしろ今の弘農には人材がいないから、否、正確に言えば、格が足りている人材がいないのだから。

基本的に皇帝である劉弁から私的な手紙を預かることができるのは、それなりの格がいる。司馬懿以外では同門である徐庶や、同門であり劉弁の正室である唐后の側仕えである蔡琰になるのだが、徐庶では王允や楊彪といった連中と向き合うには明らかに格が足りていないし、蔡琰が行けば王允によって妨害をされるのが目に見えている。

李儒の場合であればどうだろうか。

太傅である彼が動けば止めることができる人間などいないのだが、彼の立場上その手紙の内容がどのような内容であれ『帝の公務』と受け取られる可能性があるので、これまた動けない。そういう名目で彼は弘農でサボ……待機し、劉弁の周囲に居る人間を監督しているのである。このような事情から李儒という特殊な駒は使えない。

そのため他の駒を使うしかないのだが荀攸らも李儒と同じ理由で使えない。

そうなると現在劉弁の周囲に於いて、計画通りに、かつ角が立たぬよう物事を動かすことができそうな人材は司馬懿しかいないのだ。

今回その司馬懿が司馬防らを説得できるであろう『とある名目』が成立するこの時期まで、劉弁は劉協や何皇太后を長安から連れ出すことができなかった。

それ以前の話として『喪が明けた後で陛下が長安へ赴き、丞相の上に立って皇帝として政務を行えば良いだけの話なので、わざわざ劉協殿下や何皇太后様を弘農へ呼ぶ理由などはないのではないか?』という意見もあった。

しかし、劉弁の師でもある李儒は『このまま劉弁が長安へと移れば必ず問題が発生する』と見ていた。それ故に彼は『そもそも問題を発生させない。もしくは問題が発生してもその被害を極力抑える』ことを念頭に様々な方策を連綿と練っており、それを逐次劉弁に進言していた。その内容の一つが『劉協と何皇太后を長安から引き離すこと』であった。

李儒曰く『今まで丞相殿下を担ぎ上げて好き勝手してきた連中が、大人しく陛下を迎え入れるとは思えません。必ずや陛下を神輿にする為に動くでしょう。その前に陛下は連中が動くための名分を奪わねばなりません。また、その際に丞相殿下や皇太后殿下を陛下に対する人質とされないよう手を打つ必要がございます』とのこと。

この意見を聞いた時、劉弁は「心配しすぎじゃない？」と考えたのだが、王允ならやりかねないと判断した司馬懿や蔡琰が劉弁に対して『用心の為です。何事も無ければそれで良いではありませんか』と言って今回の件を推し進めていた。

重ねて言えば、司馬懿らは「陛下も王允や楊彪のように権力の中枢にいる老人たちに言いくるめられて傀儡とされる可能性も皆無ではない」と考えていたという事情もある。

……確かに今の劉弁は己の進むべき道を見出してはいない。

だが彼は現時点で傀儡になる気は毛頭ない（それも李儒や司馬懿ならともかく王允如きの傀儡になる気は更々ない）ということも相まって、今回は一応、念のために自身の弱点となり得る弟と母を弘農へと避難させることを認めており、そのための方策として股肱の臣である司馬懿を長安へと送り込むことも認めていた。

「それじゃあしばいが長安に行ったとしても、しばぼうには怒られないんだよね？」

「……おそらく大丈夫かと」

「そっか」

ちなみに司馬懿が長安へ赴く名目は、父親であると同時に京兆尹である司馬防への御用伺い兼、喪明けに長安に入ることになる新帝・劉弁をどのようにして迎えるかの確認をするという公務なので、弘農にいる陛下本人を放置して司馬防の前に顔を出したからといって、司馬懿が叱責されるようなことはないと思われているのだが……まぁそれに関しては親子の間のことなので触れないでおくのが優しさであろう。

兎にも角にも、弘農にいる者たちは、喪が明けた後に劉弁の行動が王允や楊彪の手によって制限されることを好ましく思っていないことは確かである。

そして如何なる事情が有ろうと、特に『儒の教えに反する』などと言った寝言を以て劉弁の行動を妨げるような存在は、劉弁の不興を買うだけではなく、李儒からも『不要』と断じられてしまうのは目に見えている。

「それに私が父上を説得しなければ、司馬家そのものが危うくなりますし」

「あ〜。李儒はやるよね」

「はい」

劉弁や司馬懿が知る李儒という人物は『不要』と断じたモノに対して一切の容赦をしない人間であった。このことを誰よりも良く理解している司馬懿は『何としても父に自分たちの邪魔をさせる訳にはいかない』と考えており、最悪の場合は家の存続の為に父である司馬防を殺す覚悟すら決めていたのである。李儒はその覚悟に報いる形で「司馬懿が必要と思う人材を確保してこい」と許可を出していたし、劉弁も司馬懿が認めた人材に文句をつけるつもりはなかった。

「無事に帰ってきてね」

「はっ」

劉弁の為、漢の為、そして司馬家の為。

その胸に様々な思惑を秘め、御年一三歳の少年司馬懿は潜在的な敵地とも言える長安へと単身で赴くのであった。

二

**三月下旬　司隷京兆尹(けいちょういん)・長安**

三月中旬に劉弁からの親書と李儒からの親書を携えて弘農を出立し、最速で長安に入った司馬懿はその足で自身の父が勤める京兆尹の執務室を訪れ、久方振りに会う父親と挨拶を交わしていた。

「お久しぶりです。京兆尹殿におかれましてはお変わりないようで何よりです」

「誠に久しいな。お主は随分と変わったようだが……まぁ五年も会わねばそれも当然か」

「はっ」

そう。司馬防が司馬懿に対して語ったように、この親子が邂逅するのは久方振りどころではなく、実に五年振りのことであった。ちなみに五年前の司馬懿は八歳である。

つまるところこの司馬懿という少年は、李儒に弟子入りしてからは一度も郷里に帰省しておらず、両親にも顔を見せていなかったということだ。

これは孝徳を重んじる儒教的な考えでは間違いなく問題ある行動である。

「うむ。それにしてもその歳で議郎とは、随分と買って頂いたものよな」

しかし司馬防はそのことを咎めるでもなく、現在一三歳の息子が正式な官職を以て皇帝の側で働くことに感慨深く頷くだけであった。

「はっ。太傅様をはじめとした皆様には良くしてもらっております故」

そしてその父の言葉に対して、臆面もなくこう言い切る司馬懿。

やはり色々な意味で異常な親子であると言えよう。

「そうか。後で某からも太傅様には礼を述べさせてもらうとしよう。その際の仲立ちは任せる」

「はっ」

そんな息子を見て一つ頷き、司馬防は当たり前のようにこの場に居ない李儒に感謝の言葉を述べる。これが五年振りに会う親子の会話なのだから、実に心温まる家族仲であると言えよう。

ちなみにこの時の二人は両者共に席に座っておらず、立ちながら、更に無表情で挨拶を交わしている。もしこの二人の様子を董白などが見たならば『あんたら本当に親子なのよね？　もしかして、仲、悪いの？』と真顔で両者の仲を心配するであろう光景なのだが、これが司馬家の平常運転であるので、断じて彼らが不仲ということではない。

いや、まぁ、一応今回は司馬防が司馬懿の立場を慮って自分から席を立っているので、ある意味では平常運転とは違うのだが、これに関しては他者から見たら些細なことだろう。

そんな『ウチはウチ、他所は他所』を地で行く司馬家親子の交流模様はともかくとして、今はまだ挨拶の段階。本題はこれからである。

「それで、だ」

しかして司馬懿が本題に入る前に司馬防が声を掛ける。

「はっ」

ある意味で機先を制された形になるが、司馬懿としても別に司馬防と競っているわけでもないため、大人しく司馬防からの言葉を聞くことにした。そうして自身の言葉を聞く姿勢を取った司馬懿に対し、司馬防は数年振りに顔を会わせた息子の成長を見て僅かに目を細めるも、すぐにその表情を厳格なものに戻して己の目の前に立つ息子を叱責する。

「陛下のお側仕えである議郎となったお主が、初めに私に挨拶に来るとは何事か。無論、何かしらの理由あってのことなのだろうが、それでもまずは丞相殿下へのご挨拶を先にするべきであろう」

司馬防の価値観からすれば、息子である司馬懿が単純に自分に挨拶をする為に来訪したわけではないことを理解した上で、息子が父親に挨拶をするのは孝徳の上では正しいことであるが、所詮それはいつでもできる私事であり、議郎が丞相と挨拶を交わすと言う公務を差し置いてまでするべきことではないのだ。

当時の士大夫層に広がっていた儒教の教えは、公務よりも私事を優先するものが大半であり、旱(かん)魃(ばつ)や疫病など、国家に都合の悪いことが有れば「天子の不徳が原因だ」と喚く者が大半であったが、この司馬防という人間はそれらとは違って荀子(じゅんし)の原理主義に近い思想を持っており、まず優先すべきは『礼』であり、次いで実力や成果を見るべし。と考える人間であった。

この考えが有ればこそ、司馬防はこれまで一度も帰省せずに弘農に留まった司馬懿の行動を『師である李儒や喪中の劉弁に対して「礼」を欠かさぬ行為』として捉え、本来家族が集まるはずの年末年始でさえも帰省せず、自身や母への挨拶を怠っていることにも文句を言わないのだ。

そんな司馬防にとって『私的には太傅の下(もと)で皇帝と共に勉学を学ぶ同門の学友にして兄弟子であり、公的にも議郎として皇帝の側に侍る人間が、皇帝の代理として政を行う丞相より先に、京兆尹でしかない自分に挨拶に来る』など断じて有ってはならないことなのである。

普段ならば、父であり家長である司馬防にこのように言われてしまっては、司馬懿は己の無作法を謝罪するしかないだろう。しかし今回、司馬防からそう告げられることを理解していた司馬懿は、彼の言葉に一度頷くも、毅然とした態度で謝罪ではなく反論を行った。

「然り。本来ならば京兆尹殿がおっしゃることも間違いではございませぬ。しかしながら此度の訪問はその例に当てはまらぬと考えております」

「……ほう」

反論するならその根拠を述べよ。そう視線で訴えられた司馬懿は、その態度を変えぬままに言葉を紡ぐ。

「此度某は太傅様からの命を受けております。それ故、敢えて丞相殿下よりも先に京兆尹殿の下を訪れた次第でございます」

「……太傅様の命、とな?」

「はっ」

偽りや韜晦は許さんと言わんばかりに自身を見据えた司馬防に対する司馬懿からの反論は『帝の側近たる議郎が丞相と挨拶を交わすのも公務なら、太傅の使者として京兆尹に会うのもまた公務』というものであり、同時に儀礼でしかない前者よりも後者を優先する必要が有るというものであった。

また劉弁が先帝の喪に服している現在、師という立場故に公然と劉弁と接触できる数少ない人間である太傅からの命令とは、表立って公務を行えない皇帝の意を反映したものである可能性が極めて高い。

いや、可能性云々どころではなく、そのまま皇帝からの内示と判断するべき内容であった。

「むぅ」

こうなると、基本的に『礼』を重んずる司馬防には「自分はその『礼』を捧げられるべき対象である皇帝の意を酌んで動いている」と言い切った司馬懿の言葉に反論する術はない。

「納得頂けたところで、まずはこちらをご確認下さい」

こうして司馬防の反論を封じた司馬懿は、京兆尹を訪れた主題の一つである『司馬防から反論されるような空気を潰しつつ、書状を渡す』という目的を達成させることに成功したのであった。ちなみにもう一つの主題は『家長である父への挨拶』であったが、それは冒頭の挨拶で既に終わっているので問題はない。

……董白が見れば『え？　本当にそれで終わりなの!?』と絶叫するほど淡泊なものではあったが、それこそ『ウチはウチ、他所は他所』であり、司馬家ではこれで問題ないのだから、これで良いのだ。

それでもあえて付け加えることがあるとするならば、一度司馬懿が河内の実家に戻って母親や祖先に挨拶をする必要がある程度だろうか。

とはいえ、その母親にしても『帝の側仕えである司馬懿が自身への挨拶の為だけに帰省』などしようものなら、その場で彼に絶縁を言い渡しかねないようなお堅い人間なので、あくまで『機会が有れば』程度のことである。このような司馬家の複雑な家庭環境についての言及はともかくとして、司馬懿から書状を受け取った司馬防はその書状を読む為に席に着く……前に、司馬懿に対して席に着くよう促す。

「太傅様からの書状、確かに頂戴致しました。あぁ、使者殿を立たせたままでしたな。不調法をして申し訳ない。只今白湯を持たせます故、一先ずはそちらにお掛け下され」

「それではお言葉に甘えさせて頂きます」

『これまでは親子の会話だが、これからは太傅の使者と京兆尹の会話となる』

そう意図を込めて司馬防が司馬懿に席を勧めれば、司馬防の思惑を理解した司馬懿もまたそれに乗って大人しく席に着いた。

「ではまずこちらが、此度私が弘農に帰還する際にお連れするよう命じられた方々の名簿となります」

「謹んで拝見致します」

「……」

「……なるほど」

うやうやしく書状を受け取る父親に対して微妙にやりづらそうにする司馬懿。そんな息子を余所に、じっと書状の内容を確認した司馬防は詳細を詰めるために話を向ける。

「陛下と共に先帝陛下の喪に服すため丞相殿下と皇太后様を弘農にお連れする。これは問題ござらん」

臣としても儒家としても問題ない。というか、率先して行わせるべき事柄なので司馬防にも異論はない。問題があるとすれば、その随行員として名が挙げられている人物、その中にある一人の老人の存在であった。

その名は蔡邕。先帝の御世から文人として高い評価を得ていた人物でありながら、今はとある人物に嫌われているため閑職に追いやられている人物であった。

「蔡邕殿をお連れするのは司徒殿に害されぬようにするためでしょうか？」

「左様」

王允が蔡邕に対して並々ならぬ敵意を抱いていることや、隙あらば殺そうとしていることはもはや公然の秘密となっている。

法を順守することを第一と考えている司馬防の価値観からすれば、これまでの実績や事実をありのまま残そうとする蔡邕に対する評価は高いが、己の都合でその蔡邕を除こうとする王允は醜悪そのものである。また借り物の武力で名家を弾圧していることについても、京兆尹として長安近郊の治安を預かる者として面白いはずもない。

とはいえ今のところは王允も法を犯してまで蔡邕を除こうとはしていない。

そのため静観せざるを得ないという状況であった。

今後王允が法を犯す、もしくは法を捻じ曲げて蔡邕を排除しようとする可能性は極めて高いということも司馬防は理解している。その際、自分に王允を止めることができないということも、だ。

あった。

故に、王允の行いに内心で忸怩たる思いをしていた司馬防にとって、この采配はありがたいものであった。

ただし気になる点もある。

「何故今なのでしょう？」

蔡邕が築き上げた功績は極めて多いし、門下生なども多数存在する。

そのため弘農にいる面々――特に太傅――がその気になれば、それこそ最初に釈放された際にそのまま弘農へと招聘できたはずだ。

そのため司馬防が『あのとき招聘しなかったのに、何故今になって？』と疑問を抱くのも当然のことと言えよう。

その答えは一つ。

「ことの発端は、蔡邕殿のご息女である蔡琰殿が唐后様の付き人となられたことです」

「……ほほう。ではそのご息女殿が？」

「ええ。ただし彼女は蔡邕殿の娘としてではなく、一人の文人として蔡邕殿の才を讃え、これまでの功績を伝えた上で陛下のお傍に置くべきと直訴したのです。その結果、陛下や太傅様がそれをお認めになりました」

「それはそれは。蔡邕殿は素晴らしいご息女を持たれましたな」

「誠に」

もし蔡琰が肉親の情を前面に出して唐后や劉弁に縋ったと言うのであれば司馬防は不快感を覚えただろう。だが彼女は蔡邕の実績を以て、己の父が有能な人材であると示しただけだ。それが身内贔屓でないということは、これまで蔡邕が残してきた書が証明している。

　情ではなく能力を基準にして招聘することが決まったとなれば、司馬防に反対する意思はない。

　ちなみに劉弁がこれまで蔡邕のことを招聘しなかったのは、彼が喪中であることや単純に蔡邕の存在と功績を知らなかったためだし、太傅こと李儒が蔡邕を招聘しなかったのは、六〇を越えている老人を働かせることに抵抗があったことと、そもそも王允がそこまで妄執を拗らせていることを蔡琰から聞かされるまで知らなかったためだったりする。

　ちなみのちなみに良識ある人物とされる面々が蔡邕のことを奏上しなかったのは、個人のことを幼い皇帝やそれより幼い丞相に訴えることに抵抗があったことに加え、王允の癇癪に巻き込まれるのを恐れたためである。

　それとは別に、敢えて司馬懿が司馬防に告げていないこともある。

　それは何かと言うと……実は司馬懿は劉弁からも李儒からも、今回の件で蔡邕を名指しして弘農に招聘するよう指示を受けているわけではないということだ。李儒が司馬懿に出した指示は、あくまで『司馬懿が必要と思う人材の確保』であって、蔡邕については別口で招聘する予定であったのだ。しかし長安に入る前から伝え聞いた王允の行動を危ぶんだ司馬懿は、急遽随行員の中に彼の名を加えたのである。

司馬懿としては、己にない才を持つ人間を小人(しょうじん)の嫉妬で失うのは惜しいという考えの他に、王允を嫌う蔡邕であれば長安の情報を包み隠さず伝えてくれるだろうという下心もあってのことである。しかしながら厳格な父が相手であれば、才や情報云々を語るよりも『皇帝と太傅に招聘された』という形にした方が、順調に話が進むことを理解しているため、わざわざ真実を語るようなことはない。

そんなこんなで父を欺くことに成功した司馬懿であるが、本題はここからだ。

「丞相殿下と何皇太后様も陛下とともに先帝陛下の喪に服すことに反対はしないでしょう。ですが、我々が長安から出るのを邪魔しようとする者たちが現れるやもしれません」

「それは、ありえないとは言えませんな」

通常であれば、先帝である父、または夫の喪に服そうとする一行の動きを妨げようとするなど、ありえないことだと一笑に付すこともできた。しかし今の長安は普通ではない。というか、普通でない者が君臨している。その共通認識があればこそ、司馬親子は真剣な表情でいざというときに備えた警備態勢に言及しているのである。

「道中、殿下と皇太后様の警備は淳于(じゅんう)将軍率いる西園軍が行う予定です。京兆尹殿には彼らを迎え入れる態勢の構築をお願いいたします」

「御意。長安の内部は？」

「申し訳ございませぬが、京兆尹殿が用意した手勢は直接の警護ではなく周囲の警戒をお願いしたいと思っております」

「それは構いませぬ。それと、もし想定外の事態が生じた場合は?」

「高度の柔軟性を維持しつつ臨機応変に対処することになりましょう」

「……なるほど」

――五年振りに再会した親子の会話は、これまであったお互いを尊重する空気を一掃し、ただ公務についての言葉を交わす段階へと進んだのであった。

# 四一　王允の妄執

## 一

　皇帝の喪明けを再来月に控えたこの時、議郎にして皇帝の側近である司馬懿が単身（当然護衛は伴っている）長安に入り、父である京兆尹・司馬防との会談に臨んでいたころ。

「弘農から議郎……司馬懿がきた、だと？」

　当然のことながらこの情報は、即座に長安を実効支配している王允の下に届けられていた。

「はっ。彼は丞相府に対して丞相殿下との面会申請を出した後、その足で京兆尹へと向かいました」

「ほう……」

　とは言っても、元々司馬懿は丞相である劉協への面会の要請をしているので、黙っていても王允の下にその情報は届けられていたであろうから、そのこと自体は特に驚くようなことではない。

　王允にとって問題なのは、司馬懿の来訪の理由と、申請の内容である。

普通に今回の司馬懿の動きを推察するならば『丞相殿下と即日面会出来るはずもなし。ならば待たされている間に父親に挨拶をしよう』程度のことでしかなく、深読みするようなところは何もない。荀子の徒である司馬防は司馬懿のこの行動を不義不忠の行為と見て叱責したが、現在の漢に蔓延している儒教的な教えでは『父であり家長を重んずるのは当然のこと』であり、さらに『議郎とは言え一三歳の少年が父に優先的に挨拶をすること』も、また当然のことなのだ。故に。通常であればそれを問題視するような人間はいない。

……後ろ暗いことをしている自覚が有る人間以外は。

「司馬懿と言えば、陛下の側仕えにして太傅の直弟子。つまりは陛下と同門の徒であろう？　それが面会を申し込んできたのなら、丞相殿下とて最優先で会わねばならぬはずよな？」

「はっ。おっしゃる通りかと」

「そうであるにも拘わらず、通常の手続きだけを済ませて京兆尹と会談、だと？　太傅め。一体何を企んでいる？」

今回司馬懿は極々普通に正式な手続きを取っただけなのだが、後ろ暗いことが多数ある王允らにかかれば、それだけでここまで警戒されてしまうのだ。皇帝を擁する太傅という存在が彼らにとってどれほど厄介な存在なのかが良く理解できる事例であると言えよう。

尤も、司馬懿も彼を長安に送り込んだ太傅も、それを知った上でこのような動きをさせているのだから、どちらの性格が悪いのかは推して知るべし。と言ったところだろうか。

一応補足をするならば、確かに司馬懿が『皇帝からの使者』つまり『勅使』であるならば、正式な手続きも順番待ちも何もかもをすっ飛ばして、最優先で丞相・劉協の下に通されるのは当然のことである。

しかしながら、本来その使者を出すことが可能な皇帝・劉弁は現在喪に服している最中である為、公務としての使者を出すことができない。よって今回の司馬懿の立場はあくまで『勅使』ではなく『(皇帝陛下から内諾を受けた) 太傅からの使者』であるということになる。

それを加味した上で考えれば、今回の司馬懿の手続きによって丞相府には二つの選択肢が突きつけられた形となったと言えよう。

すなわち、司馬懿を『皇帝の使者』として即座に迎え入れるか。はたまた申請を額面通りに受け取り『太傅からの使者』として順番待ちをさせてから迎え入れるか。である。

通常なら、内諾だろうとなんだろうと皇帝の意思を確認できる立場にある太傅が、皇帝の弟である劉協に出した使者である以上、皇帝の意思が無関係と言うのは考えられないことなので、司馬懿を『皇帝の使者』として即座に迎え入れるのが正しい選択だろう。

だがしかし、繰り返して言わせてもらうが、現在皇帝劉弁は喪に服している最中なのだ。

つまり、司馬懿は『勅使』ではないのだから、彼を待たせても (待たせるとは言っても当然優先して通すことになるが) 皇帝に対する不敬にはならないし、当然罪に問われることも無いわけだ。

それでも現代の日本人的な価値観があれば『いや、ここで待たせても自分に得なんかねーだろ』と考えて即座に通すのだろうが、色々世紀末の後漢末期の名家的常識はそんな簡単なものではない。

では何があるのか？　と言えば……今風に言えば『マウント取り争い』があるのだ。

なんというか、一般的に考えれば非常にくだらないことではあるが、変な方向で名誉を重んずる風潮にあるこの後漢末期の名家にとって『これを軽んずることは死活問題に直結する』と言っても過言ではないほどの重要事項である。

今回の場合、具体的には『実質的に丞相府の権限を握っている王允が、実質的に皇帝を擁する太傅からの使者にどのような態度を取るのかを見られている』と言えば理解しやすいだろうか。もしここで王允が、太傅からの使者である司馬懿を下にも置かぬように遇すれば、現在王允に味方している名家や軍閥の連中はこぞって太傅の傘下に加わろうとするだろう。

……実際官位官職の序列から言えば太傅は三公を凌ぐので、それも間違いではないのだが、派閥争いという意味では最悪である。特にこれまでの王允や楊彪は『劉弁の喪が明ける前に』と、幼い劉協に対して様々な意見具申や陳情を行っており、それを承認させることで様々な権益を得ているという事情がある。

そして、これからその総仕上げとしてラストスパートをかけようという時に、太傅に情報が流出し、劉協への上奏を封じられてしまえば、これまで王允らが諸侯に出している空手形が空手形のままで終わってしまう可能性が非常に高くなるという懸念もある。

それでも、今決定できるならばまだ良い。なにせこれから劉弁が皇帝として復帰したとしても、その代理として丞相である劉協が一度承諾したことを覆すことは簡単ではないのだから、空手形はしっかりと有効となるだろう。

……正確に言えば、皇帝の勅命こそ何よりも優先されるべきことなので、劉協の決定を覆すこと自体は簡単なのだ。しかしながら、それをやってしまうと自身の喪中に代理として働いていた劉協や王允、楊彪など諸将の顔を潰すことになる。

それは自身の弟や長安の有力者の影響力を下げることに直結するので、たとえ皇帝であっても、劉協が認めたことを簡単に反故にすることが出来ないと言うのが正しいところであるが、それら細かい言い回しに関しては、今は置いておこう。

喫緊の問題は、自身の面目や皇帝の弟の面目を人質とすることで各種政策を行っている王允にとって、この時期に皇帝（の側にいる太傅）からの使者が来ること自体が、どう考えても良いこととは思えないということだ。

「……陛下の側に在ることを良いことに陛下を誑かす若造が。奴は一体何をするつもりだ？」

王允にとって李儒は『今は亡き何進の影響力を不当に使い、宦官でも外戚でもないくせに太傅などという分不相応な官職に就くことで、皇帝の側に侍りながら皇帝を私している』という様々な暴挙を為す若造であり、ある意味で皇帝の権威ありきの宦官や外戚よりもたちが悪い存在である。また彼の存在は自身が必死で支えている（つもりの）漢という国の秩序を軽んじ、現在進行形で破壊している存在と言っても過言ではないとさえ思っていた。

加えて王允にとって我慢ならないことがある。

それは王允が司徒となってからの三年間、他の諸侯が挨拶や御機嫌伺いにくる中で、李儒は、否、弘農の連中は、劉協に対してはしっかりと時候の挨拶など行っているものの、自分たちに対して挨拶やご機嫌伺いの使者は一度も送ってこなかったということだ。つまり李儒らは、司徒である自分や司空である楊彪など眼中にない。と行動で示しているのだ。

これは名誉欲や承認欲求の強い王允にとって、まさしく顔から火が出るほどの屈辱である。

（なんたる不義！　なんたる不敬！）

年上の人間を敬うことを知らぬ若造が、どうして皇帝の師である太傅になれようか！

これまで王允は、何度も平民出身の何太后や、右も左も分からぬ子供の劉協に対してそのことを告げ、太傅を解任させようとした。しかしそれは両者の反対もあって今も叶っていない。

このことも王允にとっては『こうして傍らで支える自分よりも、弘農でのんべんだらりと生活している若造が大事か！』と屈辱に感じる要因の一つであった。

結果として王允の中で李儒という男は。

偶然、袁紹に狙われて逃げ出したところを保護しただけ。

偶然、何進の股肱の臣と言う肩書きが有っただけ。

偶然、反董卓連合が弘農にたどり着く前に自壊しただけ。

それ以外にも様々な『偶然』が重なっただけで皇帝の保護者を気取る、まさしく身中の虫でしかない。

「元服前の子供を使って何をするつもりか知らんが、今更若造の好きにはさせんぞ！」

漢を支える忠臣を自認する王允は、義憤に震えながら弘農がある東へ殺意ある視線を向け、そう言い放つのであった。

――幼き丞相を傀儡として政を壟断して有為の人間を罰し、政治と経済の状況を悪化させ。

皇帝が名指しした逆賊に対して勝手に恩赦を約束して懐に入れ、自身の派閥を強化し。

結果として洛陽を焼くことで出し切ったはずの名家を名乗る蛆虫を活性化させる地盤を築く。

これらのことから皇帝劉弁からも『その存在が漢を腐らせている』とまで断じられていることを知らぬ王允は、己の行いの全てを正しいものと疑わず、それどころか『己の邪魔をする太傅こそ悪』と断じ、ただ一人で義憤に燃えていた。

二

父上との会談を終えた数日後のこと。丞相殿下とお会いする為に昇殿した私を待っていたのは、丞相殿下と司空殿、司徒殿の他に数人の文官だけ（護衛の兵士は含まない）であった。

これは陛下のお側に侍る役割を与えられている官職に就いている私を出迎えるには些か少数にす

ぎる。だが、元々公務ではなく太傅様からの私的な使者であると告げていたので、迎える側もこういった形を取ることもある程度予想していた。

それに、司空殿はともかくとして、ここ数年の司徒殿の行いを考えれば、不特定多数の者に聞かれたくないこともあるのだろうから、こうなるのも仕方のないことやも知れぬ。

「久しいな司馬懿よ」

「はっ。丞相殿下におかれましては、ご健勝のこととお慶び申し上げます」

私が内心で師を含む弘農の面々からの司徒殿の評価を思い返しつつ周囲を確認していると、丞相殿下からお声が掛かる。ふむ。口上をそのまま信じて、私を勅使ではなく師からの使者として判断されたか。

まぁ間違いではない。

今の私は、陛下からのお言葉を預かった師が遣わした使者とは言え、そのお言葉を引き出したのが師だからな。故に実質的に師の使者として扱われることに異論も不満もあろうはずがない。……油断させせた方が周囲の連中の反応を確認出来るゆえ、こちらの方が都合が良いというのもあるしな。

「ははっ。相変わらずの鉄面皮よなぁ。それに父に似ておる。こうしてそなたを見ているだけで京兆尹の顔が目に浮かぶわ」

「恐縮です」

ほほう。私が父上と一緒ときたか。これは司徒殿が言わせているのではなく殿下の本音のようだな。ふーむ。私が丞相殿下にお会いするのは数年振りのことであるというのに、この様子ではしっかり覚えて頂いていた様子。

しかし僅か一一歳でこの態度とは、流石(さすが)は殿下と言うべきか。これでは毒に侵されていた頃の陛下しか知らない連中が、陛下を廃して殿下を新たな帝として立てようとする派閥を作るのも無理もないやも知れぬ。

しかし、だ。今の殿下のお姿は、中身がともなわぬ虚構の王の姿。

なにせ殿下は馬にも乗れず。書も読み解けず。己の意志で政を行うわけでもない。ただ皇族として生まれた少年でしかないのだ。それでは王は名乗れぬ。

それに、これまで殿下の職務と言えば司徒殿や司空殿が上奏してきた書簡に印を押すだけであったのだからな。おそらく『周囲に舐められないように』とご自分なりにご奮起なされたのだろうよ。幼い身で自分の意志を持ち、兄である陛下の足を引っ張らぬようにと胸を張ることが出来る。これだけでも十分非凡では有る。しかし、だ。このままここに居てはその才を腐らせてしまうのは必定。

なにせ司徒殿も司空殿も彼らに従う文武百官どもも、誰一人とて殿下や陛下の成長など望んでは居ないのだから。連中の狙いは、先年からの混乱で宦官や濁流派が消えたことで浮いた官職や権益を握り、陛下を傀儡として己(おの)が栄達を図ること。

ふっ。袁隗（えんかい）などは俗物ではあったものの政を理解した者であったらしいが、こいつらはどうか？　政も、軍事も、外交も、師がいう経済も理解しておらぬ者共が、国の舵を取る？　寝惚けるな。今この長安で司徒殿、否、王允などという、過去の名前が先行しただけの愚物を旗頭にして集った連中は、宦官や濁流派だけでなく、清流派の主流にすら『派閥に加える価値が無い』とみなされた小物共ではないか。そんな連中が集まり、丞相殿下を担ぎ上げたところで既に朽ちかけている漢が再興される筈もなし。

　あぁ。王允よ。自称名臣にして漢の守り人よ。貴様は十分役に立ったぞ。貴様が集めた愚物を処分することが陛下による漢の再興の第一歩となるのだからな。

「して。此度太傅からの使者としてお主が来たのは、太傅から個人的に上奏したいことが有るが故、と聞いたが？」

「はっ。詳細はこちらの書状に書き記してあります。そして書状の内容に疑問が有った際は、不肖某にご確認して頂ければ殿下の疑問にお答えさせて頂きます」

　この書状が王允に渡す引導となるか。それとも王允が我が師の想定を超えて動くのか。

「そうか。ではまずはその書状を確認させて頂こう」

「はっ」

　殿下の言葉を受けて私の下に書状を受け取りに来た名も知れぬ文官に対し、師から預かった書状を渡せば、殿下は文官に対し「早くその書状を持ってこい」と言わんばかりに睨みを利かせる。

……そうして王允らの視線を受けたものの、無事に書状を受け取った丞相殿下がそれを読む事暫し。

「なるほど。私としては太傅の要望に従うことに否やはない」

「それは重畳」

ほう。この決断の速さ。これは殿下の能力が高い、というだけではないな。

おそらく殿下は前々から師より根回しを受けていたと見た。

元々師の書状の内容を理解していたからこそ、この早さで決断ができたのだろうよ。

まぁあの方は段取りを重視される方だからな。私が丞相殿下に拝謁し上奏を奉る際に、事前の根回しを怠るような真似をなさるとは思えぬ。

つまり此度の私の訪問と上奏は、丞相殿下が待ち望んでいたことでもある。ということだな。

「……殿下。太傅殿はなんと？」

問題はそのことを知らない司空殿と王允よな。特に王允など、自分の頭越しに師と殿下が通じ合っていることに不快感を隠しきれておらんわ。

ふっ。元々太傅である師は、私的には陛下の師として。そして公的には録尚書事として陛下や殿下に対して直接上奏をする権限を持つ。その為、私が持つ書状の中身を確認することができなかったことで、ここ数日は自身に対する讒言ではないか？　と随分と気を揉んだようだな。

自惚れるな。今更師が貴様如きに対して讒言などするものかよ。

それに、だ。陛下の喪明けが控えた今、王允はこの三年間の失策を陛下に糾弾されることで史に悪名を残すことを恐れているらしいが、安心しろ。

陛下は、貴様には『無能な愚物』という名すら惜しいとお考えだ。だから、そうだな。その先鞭として、ここで散々醜態を晒すが良い。


〜〜〜〜〜〜〜〜〜〜〜〜〜〜〜〜〜〜〜〜〜〜〜〜〜〜〜〜〜〜


司馬懿が頭を下げて劉協からの言葉を待つ中。王允は司馬懿と劉協の会話に割り込み、玉座に座る劉協に対して持ち込まれた上奏文の内容を確認しようとする。

実際のところ王允は、皇帝の側に侍る佞臣(ねいしん)による讒言で自身が貶(おとし)められ、何かしらの罪を着せられることや現在の地位から罷免されることを警戒していたのだが、その不安は悪い意味で外されることになる。

「うむ。先帝陛下の喪が明けるまで、あと一月となったであろう?」

「……そうですな」

自分の想定していたこととは全く違う方向から話題を切り出されたものの、劉協の顔を見て「懸念していたことではないようだ」と内心で安堵の溜息を吐(つ)く王允。そんな彼の内心を知ってか知らずか、劉協は無邪気とも言えるような表情を浮かべながら言葉を続ける。

「そこで太傅は、私と母上（何太后）も弘農へと赴き、最後の半月を陛下、いや現在は服喪中で公務を行っておらぬので敢えて兄上と呼ぶが、その兄上と共に喪に服してはどうか？　と提案してきたのだ」

「ッッ！」

「なんと！」

「お主らが驚くのも無理はない。しかしな。これまでは兄上が我らの分まで先帝陛下の喪に服してくれたが、私とて先帝陛下の子としてその喪を弔いたいという気持ちはあったのだ。それは当然母上も同様だろう。だからこそ私は此度の太傅の上奏を認め、弘農へと赴こうと思う」

「やられた！」と表情を歪ませる王允に対して、劉協は表情を明るくしている。それはそうだろう。王允らにとって劉協は神輿であり、自身の権力を補完する存在だが、劉協にしてみれば自身が神輿にされて日々判を押すだけの仕事を押し付けられているのだ。そんな生活が面白いはずもない。また、そうして溜まった日々のストレスを発散する手段が無いのも問題だ。なにせ現在劉協は一一歳である。当然女や酒に溺れるような年齢でもなければ、散策だって気軽に行えない。故に鬱屈が溜まっても寝るか食事で晴らすのみ。

その食事とて、どこに毒を入れられているかわからないのだ。そんな生活を強要されている中で、どうして『長安に居たい』などと思うだろうか。

それに元々劉協が丞相として長安にいるのは、あくまで劉弁の喪が明ける（毒が抜ける）までの時間稼ぎなのだ。その必要がなくなったと知った以上は、もう我慢する必要はない。

もちろん父の喪に服したいという気持ちはある。だが、それ以上に、毒が抜けた兄と共に会話や食事を楽しんだり、同年代の司馬懿らと共に学問を学んだ方がよっぽど面白そうだと思うのは当然のことであろう。

劉弁の母である何太后は言わずもがな。これまで病と闘う息子の邪魔をしないようにと、我慢に我慢を重ねていた彼女に対し『弘農へ行ける』と知らせたならば、たとえ劉協が移動を嫌がったとしても、一人で弘農へ向かおうとするだろう。

自分も喜び、母も喜び、兄も喜び、泉下（せんか）の父も喜ぶ。劉協にとって今回の上奏は、誰も損をしない素晴らしい上奏であった。

しかしながら、それは劉協らの都合である。

「殿下！　そのようなこと臣はとてもではありませんが認めることはできませんぞ！」

「王允？」

「……憚りながら、某も司徒殿と同意見でございます」

「楊彪もか？」

弘農にいる佞臣こと李儒の狙いが『自身が皇族を確保することである』と看破した王允と楊彪は、その狙いを阻む為に佞臣の手先を睨みつける。

「はて。司徒殿らには何の権限があって太傅様からの上奏を受けた丞相殿下の行動を掣肘（せいちゅう）なさろうとするのでしょうか？」

「黙れ小童（こわっぱ）が！　儂らが居る限り貴様ら佞臣共の好きにはさせんッ！」

「答えになっておりませんな」

己の手の内から玉（劉協ら）を逃がすつもりのない王允と、その王允の手から玉を逃がさんとする司馬懿。

幼き丞相の目の前で、漢の未来を左右するであろう論戦が始まろうとしていた。

三

「そも五尺の童が丞相殿下の御前で使者を気取ることがすでにおこがましい。貴様を使者とした太傅は三達（さんたつ）の尊も知らんのか」

ふむ。殿下の移動を止める為に必要な理（ことわり）も持たぬ老害が、何を以て師の上奏を阻むかと思えば……ここで孟子の言葉を引用し、私の使者としての存在を貶めることで使者としての価値を消失させ、上奏そのものを握りつぶそうとするか。

こやつらが私や師を非難するのに一番使いやすいのが年齢なのは事実。さらに言えば、ここで私が丞相殿下や陛下の年齢を告げれば、それを不敬として糾弾するのだろう？　そのような手には乗らんよ。

「無論某も太傅様もその程度のことは存じ上げておりますとも。されどこの場は齢（よわい）を尊ぶ郷里に非ず。爵位を尊ぶ朝議の場。なればこそ議郎である私が丞相殿下に拝謁し、上奏することになんの問題がありましょうや」

「ぐぬっ」

父が荀子の徒であり、私が若輩である故、まだ孟子を知らんとでも思ったか？　甘いわ。

「……朝議の場で齢は気にするべきではない。と言われれば、確かにそれも間違いではない」

「楊彪殿!?」

言葉に詰まった王允に代わって楊彪が出てきたか。王允は楊彪が私の言を一部認めたことに驚愕しているようだが、元々己から齢がどうこう言い出したのだ。地位としては同格の三公。重ねた齢だけならば王允が上。なれど、経歴や家格でみれば圧倒的格上の存在である楊彪の意見を蔑ろにはできんよな。

まずは一手。

しかし楊彪は楊彪で私の味方というわけではない。

そもこやつは姻戚関係にある袁家の存命を願っているのだ。

……いや、師の予想では、弘農楊家が袁家と縁座させられて逆賊にされたくないがため、袁家の逆賊認定を解きたいのやもしれぬというお話であったが、どちらにせよ丞相殿下を手中から逃しては自身が危ういことを理解していよう。

つまり、丞相殿下を弘農へと導きたい我らにとっては敵よな。

「されど雨に沐い(かみあら)風に櫛る(くしけず)という言葉もある。それを考えれば未熟な司馬議郎を使者として遣わした太傅殿の行いは、丞相殿下に対して些か不敬が過ぎるのではないかな？」

棺桶に片足を突っ込んだ年寄りが何を曰うかと思えば、次は荘子か。

しかしこれもな。言っていることは私が若輩であることを責める王允と同じではないか。いや、私自身が世を知らぬ未熟者であるとの指摘に関しては否定できぬ事実ではあるのだが。

だがな。それを以て師の不敬を指摘し上奏を潰せるなどと本気で思っているのか？　そもそも前提が違うだろうに。

「それは司空様の太早計というもの。そも太傅様が某を遣わしたのは『丞相殿下が弘農へと赴く際、牛車の中で年長者を相手に殿下が気疲れをせぬように』との配慮にございます」

「ほう。配慮とな？」

議郎である私は陛下の牛車に乗ることが許されている。これを妨げる法も論もあるまい。

「左様でございます。丞相殿下もまだお若い身。そのような配慮も必要でしょう？　よもや某のような若輩者でさえ名を聞く司空様が、この程度のことも理解できぬとは思いもよりませんでした。

……大声里耳に入らずと申しますが、耳が聞こえぬほどお歳を召されておきながらそれを自覚せず、尚も丞相殿下のお側に侍る無能の輩をのさばらせることこそ、臣として誠の不敬と申すべきものではないかと某は愚考いたしますが、それについては如何お考えか？」

燕雀安んぞ鴻鵠の志を知らんや。楊彪如き老いた雀に師を測れるものかよ。

「な、な、なっ！」

おやおや先程までの余裕はどうした？　笑えよ楊彪。

まさかとは思うが、弘農どころか父上を含む長安内部の一官吏でさえ貴様らを『管を用いて天を窺う俗人』と断じている中、こうして面と向かって俗人と言われたのは初めてか？

命長ければ辱多し。まさしくこやつらを表した言葉よな。

「老いたる馬は路を忘れず、冠旧けれど沓にははかず！　若造の議郎ふぜいが！　長幼の序を知らんか！」

王允め、お次は韓非子か。いや孟子の五倫もか？　だが甘い。

「玉の巵底無きが如し。某は議郎であると同時に、太傅様の使者である。規矩準縄に照らし合わせればご自身が太傅様への礼を欠いているというのに、左様な毛を吹いて疵を求むが如き物言いは如何なものかと存じますが？」

「「ぐっ」」

鏡を見ろ。朝議に於いて優先すべきは爵位だというのであれば、師が就いている太傅の位は三公の上。ならば、こやつらこそ師の使者である私に礼を払わねばならんだろうに。

まったく、ひと呼吸前の己の言葉すら理解も実践もできておらんとはなんたる無能か。

こやつらこそ、まさしく漢にとって蕭牆の患いよな。このような連中と論を交わしても私に得が有るわけでもなし。丞相殿下も退屈そうにしておられることだし、さっさとこの無駄な時間を終わらせるとしようではないか。

「加えて言うなら、元々此度の太傅様からの提案は、陛下が丞相殿下や太后殿下と共に先帝陛下の喪に服したいと願ったが故のこと。これは五倫における父子の親に倣うものであり、それを認めぬと騒ぐことこそ不義不忠の証ではありませんか」

「なっ！　政も知らぬ若造が、言うに事を欠いて、儂に向かって不義不忠だと!?」

まるで自分は政を知っていると言わんばかりの言い様よな。これを突かれては反論できぬからといって、これまで必死に話を逸らそうとしていた小物が良くぞほざいた。

「……我らとて陛下が丞相殿下や太后様と共に先帝陛下の喪に服したいとおっしゃるお気持ちは、当然理解しておる。されど陛下が喪に服している間、丞相殿下がその任を代行せねば漢の政が成り立たぬのも事実。また、丞相殿下が弘農に移ることで、袁紹を始めとした逆賊どもが『皇族が政を放棄した』などと妄言を吐く可能性もある。我らは臣として、そのような傭(よう)を作るかのような行いを認めるわけにはいかぬのだ」

ふむ。ここで袁紹を出すか。やはり論客としては王允などよりも楊彪の方が上手よな。だがそれも甘い。

「それは太傅様も重々承知の上。故に陛下も太傅様もこの『喪明けまで一月』という今の時期まで待ったのです。今ならば丞相殿下が喪に服す期間は移動を含めておよそ半月。その程度の期間なら長安に残った者たちで支えられましょう？　そして、それを為してこそ胸を張って諸兄も君臣の義を語れると言うものではございませんか？　あぁ、ご懸念されているであろう殿下の移動中の警備に関しては京兆尹と西園軍が受け持ちますのでご安心を。……もしやご自身らを含む長安の官吏だけでは一月に満たぬ程度の期間すら支えられぬ、とは言いませぬよな？」

常日頃から己が失策を天子の不徳のせいにして無様に騒ぐ俗物どもが。

まずは己が行いを見直せ。

「そのようなことは言っておらん！」

「……司馬議郎、その物言いは些か以上に不敬ぞ？」

はっ。論で勝てねば威圧か？　くだらん。

この身は若輩なれど、個の武で貴様ら老人に負けるほど未熟では無いし、位で押しつぶそうにも貴様らごときが殿下の御前で何ができるか。

「……王允、楊彪。もういい」

さて、老人どもに身の程を教えてやろうか。そう思って仕上げに移ろうとした私の動きを封じたのは、これまで無言で我らが何を語るのかを観察していた丞相殿下であった。

「「殿下？」」

ほほう。これまで無言であった殿下がここで動く、か。

そして殿下が動いたことに王允らがひどく驚いた顔をしている様を見れば、連中はおそらく私と謁見する前から殿下に対して散々我らの讒言をしていた上で『臣があの忠義面をしながら殿下に無礼な上奏をせんとする佞臣の化けの皮を剝がしてご覧に入れます故、どうか我らの論をご静聴願いたい』とでも抜かしていたのだろうよ。

しかし連中は私の化けの皮を剝がすどころか、若造である私の論に抗しきれず、逆に無様を晒すことになった。否、もしかしたらこの愚物共は、今でも自身が無様を晒しているという自覚がないのやもしれぬ。

ふっ。連中からしてみたら、確かに私は取るに足らぬ若造なのだろう。

しかし、だ。殿下はその私よりもさらに年若いのだぞ？　その殿下を前にして『若造が囀るな』だの『若造に上奏する資格なし』などと連呼することが、どのような意味を持つのかすらわからんのか？

つまるところ、いい加減殿下もこの老害共による無様な見世物と、ご自身に対する間接的な罵倒に我慢できなくなったというだけの話だろうに。

だが二人の表情を見れば、そんな簡単なことすら理解できているとは思えん。上に立つ者がこれでは、政権から人心が離れるのも道理よな。

治世の政しか知らず、今が乱世であることを知りながら新たな時の流れを理解できない老害と、政も何も知らぬ癖に王佐の才と煽てられ、自身に実が無く、名だけが先行していることを自覚せぬまま三公に祭り上げられてはそれに増長し、その名を落とすことを病的に恐れながら、日々無様を晒し、今も自ら掘った墓穴に自ら足を踏み入れた阿呆。

貴様らは、つくづく愚かな小物だったよ。

だが安心するが良い。小物には小物なりに役目がある故、な。

この国の行く末を掌上に運(めぐ)らすのは貴様らではない。

せいぜい師の掌で踊り、史にその名を残すが良いさ。


---

この日、王允と楊彪が犯した過ちは大きく分けて二点ある。

一点目は『司馬懿を使者として遣わした太傅の目的を読み違えたこと』であろう。

特に王允は、太傅の狙いが幼い劉協に対して『陛下の言葉』として自身に対する讒言を行い、皇帝の喪が明けた後の政治的な主導権を握ることであると確信していた。

それは実際にこれをやられた場合、皇帝という絶対権力者を抱えている太傅に対して抗う術がなくなってしまうし、何よりも『自分ならばそうする』という思いがあったからである。

……現在の王允が誇る権勢を知る者からすれば、彼がその程度のことに拘(こだわ)ることを意外に思う者もいるかもしれない。しかしながら王允という人物は、反宦官の人間としてそれなりの評判はあれど、政の実績は無いに等しい人物である。

もっと言うならば、司隷弘農に確固たる地盤があり、長年朝廷に仕えてきた実績が有る楊彪とは違って、王允には董卓から借り受けた軍勢以外に何の後ろ楯もないことも、彼の立場を危ういものにしている要因と言えよう。

そもそもの話だが、ただでさえ暴力というモノを見下している名家連中が、借り物の暴力で自身の頭を押さえつけるような真似をする王允を認めるだろうか？

答えは否。断じて否である。

むしろ、現在長安の名家閥の人間たちは『董卓から借り受けた兵の存在さえ無ければ王允などには従わん』と日頃から口々に罵っていたりするのだ。

こうした事情から、現在王允の派閥に所属している名家の者たちは、彼を旗印としながらも『なんとかして董卓と繋ぎを取れないものか』と画策をしているし、もっと直接的なものであれば『王允が許されるのであれば自分でも良いのではないか？』と、虎視眈々と王允の立場を狙っている者もいるくらいである。

そのことを苦々しく思いながらも一応自覚している王允は『讒言とはいえ皇帝陛下の言葉として誹謗されるのを長安の名家の連中に聞かれるのはマズイ』と判断し、できるだけその上奏を耳に入れる人員を絞り込むようなことをしてしまった。

その結果が、彼らの二つ目の失点に繋がってしまう。

その失点とは『董卓も恐れる腹黒の弟子、司馬懿と正面切っての論戦を行ったこと』である。

なにせ相手は、年齢は若くとも、元々素養があったところに鄭泰（ていたい）、何顒（かぎょう）、荀攸などと言った名だたる名士に加え、師と仰ぐ腹黒から徹底的に教育を受けて各種方面に成長している鬼才の持ち主である。

その鬼才が、治世の汚濁に塗れた宮中しか知らぬ老人や、中途半端な政を行い、中途半端な武功を誇るだけの中途半端な策士に後れを取るはずもない。故に、謁見の間に自分たちの派閥の人員を集めなかった時点で、彼らの負けは決定していたのだ。

後に彼の師である太傅は『あの場で王允や楊彪が弟子に勝つためには、数の暴力を利用した同調圧力による勢いで押し切るしかなかったはずだ。それなのになぜ向こうから数の利を捨ててきたんだ？』と首を捻ったそうな。

敵の狙いを読み違え、敵の実力を読み違える。

結局王允らが犯したこの二つの失点は、言葉にすれば僅か二つでありながらも、間違いなく致命的な失点であり、その失点を突かぬほど司馬懿という少年は甘い人間ではなかった。

纏めてしまえばそれだけの話である。

――それから数日後。劉協は何太后と共に弘農に赴き、皇帝劉弁と共に先帝の喪に服す為に長安を発つことが発表された。

その劉協らが長安から弘農へと出立する前日のこと。

匿名の者から京兆尹司馬防の下に、長安近郊に於いて、王允が政令として発令していた『届出の無い集会の禁止に逆らう者たちがいる』という情報提供が齎された。

報せを受けた司馬防は訝しみながらも、とりあえずその場所に兵を送ることにしたところ、そこには丞相一行が長安から出たところを狙わんとする数十人の武装した賊が居た。

賊の狙いが丞相一行にあることを知った京兆尹の兵は、そのまま賊に対して奇襲を掛け、そのほとんどを討伐し、残りも全て捕縛することに成功した。

明けて翌日。

出仕と同時にこの報を耳にした王允は大層激怒し『それは袁紹ら逆賊が雇った賊に相違ない。捕らえた者に対する尋問も糾弾も不要。即座に処刑せよ！』と即断すると共に、長安の治安維持を担当していた并州(へいしゅう)勢を厳しく叱責したそうな。

四

## 司隷京兆尹・郿(び)県

四月、丞相一行が長安から弘農へと出立したことを受け長安にいる名家たちが困惑する中、董卓は自身の代理人として長安に派遣していた李粛(りしゅく)を呼び戻し、今回行われた司馬懿の上奏に関するあれこれの報告を受けていた。

「んで、最終的に論戦に負けて丞相を持って行かれた王允の野郎が、お前ぇらに弘農から派遣されてきた一行を襲わせようとした、と？」

「へい。それも王允の野郎。司馬の坊ちゃんたちのことを指して『連中は殿下をたぶらかす賊だから殺しても構わん』なんて抜かしましてね」

「はぁ？　まさかあの野郎、お前ぇらが知らねぇとでも思っていたのか？」

「おそらくは。それに、上手く行けば俺らの罪を帳消しにして大将に恩を着せた上で弘農と敵対させて、自分の陣営に引き込めるとでも思ったんじゃねぇですか？」

「無くはねぇ、か。……どこまでも見下してくれやがる」

当然のことながら、劉協を外へ連れ出そうとしている相手が司馬懿であり、その行き先が弘農であることを知っていた李粛は王允からの命令を拒否。

そして李粛に断られた王允は養女を通じて呂布(りょふ)を動かそうとしたのだが、李粛から話を聞いていた呂布も「李粛が駄目だというのであれば幷州勢は動かせん」と、苦渋の表情を浮かべて、愛妾からの要請を拒絶することとなった。

その為、王允は自前の戦力を動かそうとしたのだが、急なことで事前の根回しもしていなかったせいか、その動きは方々にバレバレであり、結局その戦力は『長安の中に怪しい武装集団がいる』という密告により動いた京兆尹の兵によって取り押さえられてしまう。

自身の立てた策の失敗を知った王允は、捕らえられた連中が尋問されて自分の名を出す前に司徒の権限をフルに使って口封じを行うと共に、自分の義挙に協力しなかった李粛らを叱責したのであった。かなり簡略化されてはいるが、これが今回の長安で引き起こされた一連の事件の流れである。

……そもそも王允には李粛に対して命令する権限がないので、命令に従わなかったからと言って李粛が叱責される覚えはないのだが、それに関しては今更の話である。

「連中が俺らを見下してんのは今に始まったことじゃありませんけどね」

「確かにそうだがよ」

飄々(ひょうひょう)としている李粛に対して董卓は苦虫を嚙み潰したかのような表情を見せるが、今回の王允の行動は自分たちを騙して罠に嵌(は)めようとしたということなのだから、それも無理はないことだろう。

自分にそんな真似をしてくれた王允に対して、個人として董卓が面白い感情を抱けるはずもないし、荒くれ者共を纏める大将軍としても、王允如きに舐められたままなぁなぁにしては部下の統制にも問題が出てくる。

加えて、皇帝の弟にして幼い丞相という、自在に動かせる後ろ盾を失った王允や楊彪がどのような行動を取って来るかわからないという不安も有った。

これに関して細かく言うなら、王允らの手際がどうこうではなく、自分の配下の脳筋連中がどう動くかわからないという不安であった。なにせ、今回は李粛が王允の嘘を見破れたから良いものの、今後も必ず王允の嘘を見破れるとは言い切れないのだから。

また、嘘ではなく政治的な根回しをされて、どうしても要望を断れない状況にされる可能性も有ると考えれば、董卓とて決して楽観視をして良い状況ではない。

実際、李粛から命令を拒否された王允は、養女を使って呂布を動かそうと画策していたのだ。もしもこのとき『王允が呂布を動かすかもしれない』と考えて事前に動いていた李粛からの情報提供が無ければ、呂布は王允の指示通り普段から行っている名家狩りのような形で司馬懿の一行を襲い、西園軍と并州勢の間で争いになっていた可能性は高い。

この場合処罰を受けるのは誰か？　と問われれば、それは当然呂布を動かした王允……ではなく、呂布本人と呂布の養父である董卓となる。いや、王允も無実とは行かないかもしれないが、それでもその罪は両者よりもかなり軽くなることは確実である。

何故かと言えば、そもそも王允には呂布を動かす権限が無いからだ。

つまり、自身を動かす権限が無い王允から情報提供を受けた呂布が、その情報の裏も取らずに勝手な判断で兵を動かし、司馬懿一行を襲った。ということになる。

この場合、一番悪いのは当然呂布となり、次いで罪が重いのがその呂布に権限を与えた董卓となってしまうのである。ちなみにこうなると王允は情報を提供しただけの第三者でしかない上に、そもそも法を司る立場である司空の楊彪と司徒の王允が手を組んでいる以上、彼が罪に問われる可能性は極めて低い。

さらにその情報とて「自分たちを嵌めようとする連中に流された！」とでも言って被害者面をすれば、周囲から無能の誹(そし)りを受ける可能性は有るかもしれないが、重罪に問われることはないと断言しても良いだろう。

そうやって自分の安全を確保しつつ、司馬懿らを襲って一行を全滅させ、弘農にいる者たちに情報を渡さないようにすることで、王允らは自分たちの好きなように情報を布告することができるし、そうやっていろいろな情報を流しつつ時間を稼いだ上で董卓を騙して自陣営に巻き込んでしまえば、確固たる武力の後ろ盾を持たない弘農の若造などどうとでも料理できる。

今回の王允が狙ったのはこんなところだろうか？

その策が失敗したので、今の董卓たちには王允にそこまでの考えがあったかどうかは分からない。しかしながら、王允が李粛や呂布を動かして司馬懿一行を襲わせようとしたことは事実である。

「ふむ」

よって董卓は今後の為にも対策を練る必要性を感じていた。

「そんで、長安では板挟みになった呂布が頭を抱えてるって？」

そして、現在その対策が最も必要とされていると目されているのが、現時点で王允の養女という楔（くさび）を打ち込まれてしまっている人間。飛将軍こと呂布であった。

「へい。養女とはいえ娘ですからね。それを妾にした以上、自分も王允の派閥と見なされているのかもって戦々恐々としてまさぁ」

今の呂布からすれば、今回は李粛のおかげで王允の策に乗らずに済んだが今後はどうなるかわからないのだ。さらに妾となった養女自身も呂布を嵌めようとしているわけではなく、純粋に養父である王允を心配しているだけなので、処罰をするような真似もできないし、したくもない。

しかし王允の派閥に加わっていると見られるのは嫌だ。

そんな板挟み状態となっているらしい。

「ま、わからんでもねぇよ。確かに呂布本人は卓抜した武人だが、家族はそうじゃねぇ。もしもあいつが弘農と敵対したら、間違いなく最初にそこを突かれるだろうからな」

弱点を突くのは基本中の基本であるし、呂布が皇帝に逆らうなら妾や娘も罪人である。

ただでさえ敵に容赦をするような連中ではないのに、それが罪人となったらどうなるか……数年前、涼州で韓遂(かんすい)らに味方をした羌賊(きょう)の者たちがどのような扱いを受けたのかを知る董卓は、他人事だと理解しながらも思わず首を竦(すく)めてしまう。

「ですです。流石の呂布だって、一人で逃げるならともかく、嫁や娘、さらに配下を引き連れて弘農のあのお方とぶつかったら絶対に勝てないってことは自覚してますからね」

個人の武ならともかく、兵を率いての戦。それも相手に地の利が有るので呂布といえども苦戦することは間違いないし、そもそも呂布が王允に味方したところで勝ち目がないことは、誰の目（王允や楊彪のような長安しか見ていない人間以外）にも明らかなことである。

「そりゃそーだろ。しかも、この段階で弘農と敵対するってことは陛下に対して叛旗を翻すってことだろ？　そうなりゃ俺だって長安に攻め込むしな」

たとえどれだけの幷州勢が呂布に味方しても、全員が全員呂布に従うということは絶対にないのだ。それは同時に、敵対を決めた時点で籠城しようが野戦をしようが、呂布は常に配下の裏切りに備えなくてはならないということと同義である。

……実際はそれ以前に、そもそも呂布の個人的な都合に付き従って弘農に矛を向ける兵がどれだけいるのか？　という話になるので、戦以前の問題なのだが。まぁあくまで仮定の話なので、とりあえずそこには触れないでおこう。

それを念頭に置いて考えれば、少なくとも溺愛する孫娘を弘農に送っている董卓に呂布の味方をするつもりはない。むしろ呂布が王允に唆（そそのか）されて何か阿呆な事をするようなら、董卓自身が長安に攻め入り王允と一緒に呂布も討ち取って身の潔白とするつもりである。

そして董卓が呂布の味方をしないという時点で、董卓の息が掛かっている并州勢を率いる呂布には長安での籠城も野戦も選択できなくなり、逃げるしか道はなくなってしまう。しかしそれはつまり、長安を失って満足に補給もできない状況になった上で、董卓からの追っ手を警戒しつつ、外道が待ち構える弘農に行くということだ。

（そうなったら呂布に生き延びる道なんざねぇ。丁原には悪いが、俺は呂布を見捨てるぜ）

優れた棋士が数十手先の手順を読むように、董卓もこれから呂布が王允に味方した場合にどうなるか？　を予想し、自分がそれに巻き込まれないよう動こうとしていた。

対策？　女や酒に溺れた男に施す薬などない。故に死ぬなら一人で死ね。

これは董卓だけではなく董卓陣営に所属している全ての者に共通している思いであった。

「あ～、ちなみに、ちなみにですぜ？　いや、決して本気とかじゃなく、あくまで興味本位の話なんですがね？」

「あぁん？」

董卓が内心で非情の決断をしていると、その様子を窺っていた李粛が恐る恐るといった感じを隠さぬままに話を振ってきた。

「もしもですよ？　あくまでもしも、の話なんですけどね？」

「なんだってんだ。とりあえず言うだけ言ってみろ」

話を振ってきたわりに妙な前置きをする李粛に対し、董卓は怪訝そうな顔をしながらも「まずは話してみろ」と促す。すると李粛は何故か意を決した顔をして、とんでもないことを口にしたのであった。

「いや、ふとね？　もしも大将が弘農のお方と敵対したらどうなるのかなぁ……なんて思いまして」

「……李粛」

「へい」

「お前ぇは馬鹿だがイイ奴だった。だが俺が思っていた以上に馬鹿だったたな。……張済、張繡。反逆者だ。捕らえろ」

「「はっ！」」

「いや！　ちょ！　まっ！　興味本位って言ったじゃねぇですか！」

「馬鹿野郎ッ！　冗談でも言って良いことと悪いことがあるだろぉがッ！　いい歳こいてそんなこ

ともわからねぇからお前ぇは馬鹿だってんだよ！」

「ぐはっ！」

「「そうだそうだ！　やっちまえ大将ッ！」」

董卓が何処で誰が聞いているかわからない上、王允などが知ったら諸手を挙げて小躍りするような問いを投げかけてきた李粛に対して容赦無い鉄拳を見舞えば、どこからともなく現れた部下たちも一緒になって李粛にツッコミを入れた。

自由気ままに生きてきた昔と違い、洛陽や長安で様々な経験を積んだ今の彼らは知っているのだ。本当に恐ろしいものの存在と、それを自在に操る外道の存在を。

剣も矢も恐れぬ、文字通り百戦錬磨の男たちが恐れるもの。それは剣で斬ってもなくならず、矢で射貫いても消えぬ大敵。即ち書類。

『戦で死ぬのはいい。だが書類に殺されるのだけは御免だ』

これは今や董卓のみならず、董卓陣営に所属する全ての者に共通する思いなのである。

## 四二　弘農でのこと

一

**四月　司隷弘農郡・弘農**

董卓らが李粛を殴りつけているのと同じころ、弘農の宮城のとある一室では緊迫した空気が流れていた。

「本当に大丈夫なのよね？　間違いないのよね？」

その空気を生み出しているのは、董卓陣営に於ける最重要人物の一人であり、董卓が目に入れても痛くないと豪語する孫娘こと董白その人であった。

「そんなに心配しなくても大丈夫ですって」

「そうそう俺らの中に司馬の坊ちゃんを狙うような阿呆はいやせんぜ」

不安に怯える彼女を慰めるは、董卓が弘農に派遣してきた武闘派の将軍である李傕（りかく）と郭汜（かくし）だ。董卓からの信任を受けて弘農に派遣された経験豊富な両将軍の言葉を聞いて董白の不安もあっさりと解消……

「本当ね？　李傕汜（りかくし）を信じて良いのね？　嘘吐いたら噂の霊薬（水銀）飲ませるわよ！」

「「一つに纏めんな！　それと罰が怖ぇよ！」」

「そんなのどうでも良いわよ！　本当に大丈夫なんでしょうね!?」

「「良くねぇッ！」」

……される筈がなかった。むしろ涼州勢の血の気の多さを知っている分、簡単に『大丈夫』と断言されたことが信じられなかったのだ。

「ま、まぁまぁお嬢様。李傕様や郭汜様が仰るならきっと大丈夫ですよ！　……涼州勢は」

「并州勢はどうなの？　今回一番大事なのはあいつらでしょ!?」

「「……」」

「無言で視線を逸らすなぁ！」

「いやぁそんなこと言われてもよぉ」

「俺らも并州の連中はちょっとなぁ」

「呂布様と王允との繋がりが読めないので私からはなんとも」

「駄目じゃん！」

「お、お嬢様！　落ち着いてください！」

うがーと頭を押さえながらバタバタする董白と、そんな董白を落ち着かせようとする王異。そして二人の少女を見て「ここで騒いでもしょうがねぇのになぁ」と達観した表情を見せる李傕と郭汜の姿があった。控え目に言っても混沌（カオス）である。

「あ～それで、実際のところはどうなの？」

その混沌を生み出している一行を横目に見ながら、『謎』と書かれた仮面を被った少年が己の側近に話しかければ、謎の少年の側近こと徐庶は、静かに拱手（きょうしゅ）しながらその問いに答えた。

「はっ。端的に言えば、李傕将軍と郭汜将軍の仰る通りかと」

「二人のいう通り？　それはつまり、涼州勢は大丈夫だけど、幷州勢は分からないってこと？　それじゃ司馬懿はどうなっ……あぁ、大丈夫なんだね？」

「はい。ご明察です」

もう一人の側近である司馬懿の身に危険が訪れそうだということを認識したことで、謎の少年は一瞬激昂しかけるも、その司馬懿に仕えている徐庶が落ち着いた様子を崩さないのを見て、状況を正しく認識することができたようだ。そんな謎の少年を見て、徐庶は年長者然とした雰囲気を崩さぬまま、その解説を行おうとする。

ちなみにこの徐庶という青年は、少年が謎と書かれた仮面をつけていない場合、彼が話しかけるだけで神速の土下座を敢行し、少年が三度『もういいから、普通に話して』と口にしない限り絶対に頭を上げないという、仮面の少年からしたら非常に面倒な性格をしているのだが、今回のように仮面をつけているときは空気を読んでいるのかそのようなことはしないので、少年としては（常時この仮面をつけようかなぁ）と思っているとかいないとか。

ちなみのちなみに、董白が司馬懿の身を心配しているのは、決して『年頃の乙女が同年代の気になる少年を心配している』という微笑ましいものではない。敬愛する祖父の配下が司馬懿に襲い掛かった場合に生じるであろう、皇帝からの不興や、どこぞの太傅との折衝で、祖父共々地獄に落とされることを心配しているのだ。

皇帝の母である何太后や皇帝の弟である劉協の身に関しては、いくら王允が暴走しようとも、彼に従う兵たちが手を出すような真似はしないだろうという判断から、それほど心配されてはいなかったりする。これを薄情と取るか、信頼と取るかは個人の捉え方によるだろう。

故に少年たちにとって重要なのは『長安に行った司馬懿が無事に帰還できるかどうか？』ということであった。

閑話休題。

「現在の情勢を鑑みれば、大将軍である董卓様が動くことはないでしょう。しかし王允の配下や、彼に雇われた破落戸（ごろつき）が司馬懿様にちょっかいを出そうとする可能性は有ります」

「ふむぅ。破落戸程度なら京兆尹や護衛の淳于瓊（じゅんうけい）たちが居るから大丈夫だよね。だけど、何で徐庶は『董卓は動かない』って断言できるの？」

「そうですね。動く意味がないからです」

「意味がない？」

「はい。董卓様は豪勇の将であっても蛮勇の将ではありませんので」

「……つまり、董卓は勝てない戦はしないってこと？」

「その通りです」

「でも、董卓は倍以上いた袁紹の軍勢を蹴散らしたよね？　それがもし王允とかに唆されて全軍でこっちに来たらどうなるの？」

王允が望んでいることはまさしくそれだろう。敵の狙いが分かっている以上、謎の少年がそれを警戒し、対処法を練ろうとするのは間違いではない。しかしそれは董卓が大将軍になる前から懸念されていたことでもある。

よって、どこぞの腹黒がそれに対して対処しているのも当然のことであった。

しかしながら、今回はそれ以前の問題である。

「どうにもなりませんね」

「負けるの？」

「いえ、董卓様が弘農にたどり着いた時点で、配下の方々に捕らえられてこちらに護送されることになるかと」

「ふぁ!?」

まさかの戦う前から終わるという徐庶の言葉を聞いた謎の少年は、思わずおかしな声を上げてしまった。そんな驚きの態度を見せた謎の少年に対し、徐庶は己の言葉の根拠を述べる。

「そもそもの話なのですが」

「う、うん」

「董卓様が弘農に攻め込んできたとして、それで万が一にも裏切りが発生しないまま我々に勝ったとして、彼は何を得るのでしょうか？」

「何って……あれ？」

現在でさえ董卓は大将軍として位人臣を極めている身であり、さらに長安から離れることで政治やそれに付随する書類仕事から解放されている身である。

そんな董卓が弘農に攻め込んでどこぞの腹黒を討ち取ったとして、一体何を得られるというのか。

そう正面から問われてしまうと、謎の少年も言葉に詰まってしまう。

「そう。何もないんです。むしろ今我々が行っている仕事が長安の連中に引き継がれることになりますので、否応なくその影響を受けることになるでしょうね」

「あぁ。なるほどなー」

現在弘農で行われている仕事を奪うことこそ、権力を望んでいる王允一派が望んでいることなのだろう。だが、董卓たちにしてみたらそんなモノには関わりたくもないはずだ。

もし現在長安の政ですら満足に出来てない王允一派が、これ以上の支配領域を広げたらどうなるだろうか？　完全にグダグダになって、董卓らにも書類仕事が襲い掛かることになるのは確実である（何もしなければ軍の維持すらできなくなる可能性が高い）。

　さらに救えないのが、王允らは董卓が政治的な行動をすることを嫌うということだ。

　つまり董卓側の視点から見れば、わざわざ皇帝のいる弘農に兵を向け、死にもの狂いで戦って、多大な犠牲を払った上で勝ったとしても、得るものが書類仕事と王允一派との確執ということになる。

『地獄に行くために戦をしろ』などと命令されて誰が従うものか。

　まかり間違って董卓がそれを命じたとしても、即座に牛輔（ぎゅうほ）や徐栄（じょえい）、張済、張繡などと言った側近が董卓を力ずくで止めようとすることは想像に難くない。

　これは呂布が王允の養女に唆されて暴走しても同じだ。

　呂布個人に従う者はともかくとしても、董卓陣営の全員がその行動を止めようと長安に兵を向けることになることはあっても、呂布と一緒に弘農に攻め込むという選択をすることなど有り得ないのである。

「さらに加えるなら、時間を置けば周囲から皇甫嵩（こうほすう）将軍や朱儁（しゅしゅん）将軍を始めとした軍勢が我々の陣営に参加しますし、なにより涼州を留守にすれば羌や鮮卑が後ろを突きます。かと言って短時間でこの弘農を落とすことはできません。故に、どう転んでも董卓様に勝ち目はないのです」

「え？　羌とか鮮卑は董卓の味方じゃないの？」

「いえ、鮮卑はどうか知りませんが、羌の者たちは董卓様の武威よりも太傅様と司馬懿様を恐れています」

「……太傅はともかく司馬懿まで？　董卓の部下もそうだけどさ、彼らみたいな無骨な者達にまで怖がられるなんて、あの二人は一体何をしたのさ？」

「私は『医術の研究』としか知らされてないので詳細は不明なのです。もしかしたら両将軍なら何か御存知なのかもしれませんが……」

漢という強大な帝国にすら真っ向から逆らう連中が、心の底から敵対することを厭うほどの恐怖を感じているという事実に仮面の少年が『己の師と師兄がナニをやらかしたのか』と興味半分で話題を振るも……。

「「医術の研究ぅ？」」

話を振られた李傕と郭汜は揃って顔を顰めた。

「そうよ。そういえば前々から気にはなっていたのよね。太傅様は……まぁわかるけど。何でみんなして無表情まで怖がっているの？　お祖父様もよね？　その医術の研究が何か関係しているの？」

司馬懿が太傅の弟子だから。というなら徐庶だって同じ扱いになるはずなのに、徐庶に対しては李傕も郭汜も苦手意識は持っていないように見受けられる。ならばその原因は彼らの人間性がどうこうではなく、彼らが行ったナニカが影響しているのだろう。

そう考えた董白は、そのナニカと言うのが徐庶のいう『医術の研究』だと当たりを付け、確認を取ろうとしたのだが、その答えは彼女が望んだものとは大きく異なっていた。

「アレは断じてそんなチャチなモンじゃねぇですぜ！」

「そうですぜ！　アレはなによりもドス黒い黒！　吐き気を催す邪悪ってヤツでさぁ！」

「……実際に吐いたしな！」

「暫く肉が食えなかったぜ……」

当の二人は青い顔をしながら『思い出したくもねぇ！』と口々に叫び、その内容を語ることを良しとはしなかったのだ。

「あんたらねぇ……」

ただ、唖然とする董白に対して「捕虜になってはいけない」だの「捕まる前に自害した方が良い」だの「最悪捕まった場合も、知っていることは率先して全部吐きましょう！」だのと、真剣な表情で忠告をしてきたので、その場に居た者たちもこの場に居ない師弟が『医術の研究』と称して何をやらかしたのかを漠然とながらも理解することができた。

あくまで漠然と、だが。

「うん。まぁ、董卓が裏切らないってことは良く分かったよ」

「そうですね。それが全てです」

仮面の少年は李傕と郭汜の様子から、己の危惧していたことが杞憂であったことを理解してホッと溜息を吐くも、普段は書類仕事に忙殺されているだけの気のいい兄のように見ていた太傅が、実は周囲から『怒らせたら怖い存在』だと認識されていることを知り、何とも言えない気分になったそうな。

二

并州勢が王允の指示に従わなかったことや、京兆尹司馬防の協力で何者かによる襲撃事件を未然に抑えることに成功した結果、劉協と何太后を連れた一行は無事に弘農に入ることができた。

一行の出迎えの際、先頭に馬に乗った謎の仮面の少年がいたり、その仮面に隠された素顔に気付いた何太后と劉協が何故か号泣したり、その後で何太后と劉協が揃って『その忠義、誠に大儀である！　お主こそ真の忠臣也！　どのような褒美も取らせるので希望を述べよ』と太傅に宣言しようとしたところを、何故か謎の少年に止められたり、一行の中に蔡邕を連れて来ていたことを知った師匠が弟子を褒め、褒められた弟子がドヤ顔したり、『もう再会することはできない』と思っていた父娘が、上司の計らいで思わぬ再会を果たすことが出来たことで滂沱の涙を流したりと、様々なことがあったが、その模様の全てを語ると長くなるのでここでは割愛させていただく。

周囲にとって重要なのは『帝にとって急所となり得る駒を、弘農に居る腹黒が手中に収めた』という事実だ。この事実が世に広まることを一番恐れているのは、他でもない。

これまで長安を実効支配していた司徒の王允である。

何故かと言えば、弘農の人間はそれほど意識していないことではあるが、洛陽から移動してきた名家の者や、元々長安にいた者たちは、長安にて丞相を抱える王允と、弘農で皇帝を抱える太傅の関係を『不倶戴天の政敵』と認識していたからだ。

また、長安に残る名家閥の人間にとって、王允が名家の出であることや、清流派の人間であることには間違いはないのだが、それまでの立場の問題から『所詮はポッと出の成り上がり者』という認識がある。そんな人間がいきなり新たな政権で司徒という最高権力者の一角となったことに、面白い感情が有ろうはずがない。

中には『実績も何も無い王允を認めるくらいなら、何進の部下ではあったが洛陽で実績を積んでおり、今も皇帝陛下の側仕えという確固たる足場を築いている太傅の方がまだマシなのではないか？』と堂々と反王允を口に出す者もいるのだ。

ただでさえそう言った空気があった中、王允は太傅によって差し向けられた少年・司馬懿により、彼らにとっての切り札であった『丞相と何太后を弘農へと運ばれる』という失策を犯してしまう。

さらに問題なのは、劉協の移動を阻もうとした王允と、彼に協力している司空の楊彪が、未だ幼い司馬懿に対して大人げなくも舌戦を挑み、正面から返り討ちに遭った挙句、当の丞相から『もう良い』と見放されてしまったことであろう。

そしてその情報が、すでに長安中に蔓延しているのも致命的であった。

何故情報が拡散されたのか？

確かにあの場に居たのは、当事者を除けば劉協の護衛や側仕えと言った極々少数の人員しかいなかった。しかし、逆に言えば、ごく少数の人員はあの場にいたのである。

劉協と共に長安を離れる彼らが、敗者である王允に忖度する必要もなければ、舌戦に勝った司馬懿がその情報を隠す必要もない。よって、劉協一行が弘農に辿り着くころには、元々話を聞いていた司馬懿の父である京兆尹・司馬防はもとより、長安に居る名家の者達の大半が、王允が太傅との政争に敗れたことを知っている。

こうなると次に来るのは、名家定番の『王允降ろし』である。

元々王允は、自身に否定的なことを記す可能性が有るというだけの理由で蔡邕を投獄したり、釈放された後も監視や嫌がらせを行うような陰湿なところがある男である。

まして彼は、太守のような役職を経験したわけでもなければ、政治や経済に明るいわけでもない。黄巾の乱では多少の功績を挙げたが、それだって朱儁や皇甫嵩と比べて大きな武功というわけでもない。統括すれば、王允は宦官が大っ嫌いで自己の名誉を守ることに腐心する老人。言い換えればどこにでもいる一般的な頭の固い儒家の一人にすぎないのである。

そのような人間が他者から本当の尊敬を集められるのか？　と問われたら、返ってくる答えは当然、否。であろう。

故に現在の長安では、これまで王允の配下として働いていた者達までもが彼に対して叛旗を翻すタイミングを窺っていると言っても過言ではない。

　そんな長安の中の空気を感じ取った王允は、この状況を打破する為に同志である楊彪との会合を重ねているのだが……。

「クソッ！　クソッ！　あの若造どもめがッ！」

「落ち着かれよ司徒殿。上に立つ者はみだりに感情を表に出してはなりませぬぞ」

「司空殿！　ですがこの状況はッ！」

「えぇ。帝の喪明けを前に太傅が仕掛けてきた。そういうことでしょう」

「それがわかっておきながら貴殿はッ！」

「なればこそ落ち着かれよ。焦りは何も生み出しませぬぞ」

「ぐぬっ！　司空殿はッ『何か？』……いえ、失礼した」

　年長者として、またこれまでの楊彪の実績に一目も二目も置く王允は、落ち着き払った態度で自身を諌(いさ)める楊彪に対し『現状を理解できているのか！』と声を荒らげようとするも『ここで楊彪と喧嘩別れをするわけにはいかない』と思い直し、すんでのところでその声を飲み込んだ。目の前で肩を怒らせる王允を見て楊彪は内心で溜息を吐く。

（はぁ。やれやれ、じゃな。こやつにこうも堪え性がないとは。……この者は烈士ではない、ただのへそ曲がりの爺であったわ。こやつを司徒に押し込んだ太傅はこやつの性根を正しく理解しておったのじゃろうな。……これまで数年共に職務に当たっておきながらこの性根を見抜けなんだ己の

無能に腹が立つわ)

自身の歳を棚に上げ、目の前で激昂する王允を『老害』と切って捨てる楊彪は、その老害を長安に押し付けてきた外道の狙いについて思いを馳せる。

(太傅の狙いは、王允とそれに阿る名家の洗い出しに加え、宦官を憎む王允に、連中と繋がっていた濁流派を裁かせることじゃろう。そしてそれは終わった。と見るべきじゃな)

楊彪は弘農に潜む腹黒の狙いを、濁流派の粛清と推察した。

確かに楊彪から見ても濁流派の中には漢を腐らせる虫が多数いる。かと言って、それらの粛清を帝や帝の側近である太傅が行えば、名家の恨みは太傅に向くことになるだろう。

そのようなことをすれば、今後の治世に差し障りが出ることになる。

ならばどうする？　簡単だ。彼らに恨みを持つ王允の手で身中の虫である濁流派を処分させれば良い。残った連中に対しては財産を没収した上で新帝が恩赦を与える形で罪を免じるか、そのまま処刑するだけの話。後に残るのは王允に恨みを持つ濁流派の生き残りと、生き残った濁流派を毛嫌いしつつ太傅にも噛みつこうとする王允となる。

かつて何進の腹心として洛陽の名家との折衝を行ってきた経験を持つ太傅ならば、小粒となった濁流派の面々を操ることなど造作もないことだろう。

濁流派に王允を殺させた後、何食わぬ顔で濁流派を処分すれば残るのは太傅の一派のみ。

ならば、未だ若く、皇帝からの信任も厚い太傅は、これから数十年位人臣を極めることが約束される。

（まったく、敵ながら上手くできておる。しかもこの流れは、王允を司徒に押し込んだ時から考えておったはず。即ち儂らは数年前から蜘蛛の糸に囚われており、それに気付いてすらおらなんだ。この亡き袁隗や張譲を彷彿させる手際。流石は何進と共に洛陽の澱みを生き抜いた化物よ）

　これだけでも恐怖に怯えて虚勢を張る王允との格の違いを痛感するのに、そんな化物から自身が敵として認識されているのが、今の楊彪だ。

「やはり漢の為を考えれば、増長すること甚だしい奸臣である太傅を弑(しい)るべきかと存じますッ！　それに奴さえおらねば、あの生意気な小僧もただの小僧に成り下がりますしな！　……司空殿は如何お思いか？」

「……うむ。異論はない」

（ここで反対したら儂が殺されるのぉ）

　血走った眼をしつつ一人で意気を挙げる王允を見て、楊彪は危ういものを感じつつも一先ずは反論せず、小さく頷くことで賛同しているようにも見える仕草を取る。

「やはりそうですか！　ではどのようにしてヤツを弑るか……」

　楊彪が己の意見に賛同したと見た王允は、喜々として太傅の暗殺計画を練り始める。

（何が漢の為、か。連中にとっての狡兎(こうと)である清流派は既に死した。残った貴様の存在は、既に漢にとって不要な狗(いぬ)。はてさて、儂はこれからどう動くべきかのぉ）

王允が今や莫逆(ばくぎゃく)の友と認め、全幅の信頼を置く漢の重鎮、司空・楊彪。

彼は、目の前で喜々として暗殺計画を練る王允や、逆賊となった袁家の為に己が継いだ弘農楊家を潰す気は毛頭ない。

（これからなにをどうするにしても、まずは知らねばならぬ。さぁ存分に語るが良い。儂も知らぬ策も全て、な）

家を残す為ならば、己の命を差し出すことも、外道の股の下を潜(くぐ)る屈辱も厭わぬ男が、王允の計画を静かに聞いていた。

三

弘農に家族を招き入れることに成功した劉弁は今後残る喪の期間である半月ほどの間、弟の劉協や母親の何太后、ついでに正妃である唐后と共に、喪に服すこととなった。

しかし彼ら皇族が喪に服している間、弘農の面々も遊んでいるわけではない。

王允が腹黒の暗殺をはじめとした謀を巡らしているように、彼らもまた、長安にのさばる連中との政争や戦に備え、着々と準備を整えていたのである。

そうしてこの日、弘農の宮城に造られたとある一室では、俗にいう弘農派閥に属する者たちの幹部が一堂に会し、今後の方針を決めるための会合を行っていた。

「では、蔡邕殿。会合に先立ち、貴殿が見てきた長安の様子と、司徒殿らの行ってきた施政についての見解をお聞かせ願いたい」

「はっ、ははぁ！」

この場に居る者たちの中に、情報を軽んずる者は居ない。さらに言えば、蔡邕が持つ情報は仮想敵王允が本拠地としている長安の最新情報だ。

それを聞かないなんてとんでもない。

さらに李儒が重要視したのが、この報告が『歴史家としての視点から長安の政を観察してきた蔡邕の意見である』ということであった。なにせこの蔡邕という男は、史実に於いてですら権力の絶頂にあったとされる董卓に対し正面から説教を行い、その行動を改めさせた実績を持つ気骨の士である。

それほどの人物が王允ごときに忖度などするはずがない。

また自身を歴史家として定義付けているが故にだろうか？　彼の視点には主観性が薄いという特徴もある。事実を事実として認識し、物事をただの現象として捉えている節があるのだ。故に『蔡邕が語る言葉には周囲を納得させる信憑性がある』と李儒は判断していた。

実を言えば、こうした李儒の思惑を理解しているからこそ、司馬懿は長安から蔡邕を連れ出してきたという事情がある。また、こうした司馬懿の配慮を理解したからこそ、李儒は長安から逃れてきた一行の中に蔡邕が居ると知った際に、彼を引き連れてきた司馬懿の判断を褒めたのだ。

蔡琰？　娘？　父？　李儒や司馬懿が人情で動くとでも？

基本的に、策士という人種は人情という存在を理解しつつ、それを『人を動かすための材料』と割り切ることができる人種のことを指す。

また、そうであるが故に、生粋の策士である司馬懿からすれば、蔡邕が弘農に避難させていた娘の存在は、頑固者の蔡邕を長安から連れ出すための口実でしかない。間違っても董白が「無表情にも良いところがあるのね」と勘違いしたように、蔡父娘の為を思って労を執ったわけではないのだ。

尤も、その事実を明かして誰が得するわけでもなし。

また、本人たちも態々それを口にすることはないので、この件を以て蔡父娘が李儒と司馬懿を恩人と認識することになるのは仕方のないことと言えよう。

閑話休題。

とにもかくにも、その気質から王允に睨まれ、あのまま長安で飼い殺しとされる運命を受け入れていた蔡邕には、恩人であり、後ろ盾でもあり、そして現在の漢王朝において最高位の官位職責を持つ人物である李儒からの下問に答えないという選択肢はない。

さらに彼には、王允に対して恨みはあっても恩はなく、楊彪に対しても王允の行動を黙認していたことから仲間意識もない。よって庇うような言葉が出るはずもなく、ただ己が感じたことをそのまま伝えることとなる。

「某が見たところ、長安の内部は并州勢の武力を以て他の派閥の存在を潰す王允と、それに阿る自称清流派の名家が幅を利かせております。また、楊彪とその一派は、王允一派の暴走を黙認しつつ、時に手を差し伸べることで己の勢力の拡大を図っているように感じました」

「司徒殿と司空殿、な。確かに私は忌憚のない意見を欲しているが、恐れ多くも陛下が任じた役職に対しての敬意は別だ。貴殿はそうは思わないか？」

この場にいるのが李儒や司馬懿、徐庶のような、いわゆる身内だけだったならば李儒とてこのようなことは言わない。しかし、この場には弘農派の幹部、つまり荀攸や華歆（かきん）、鍾繇（しょうよう）に加え董昭（とうしょう）や何顒、鄭泰などの清流派を代表する面々も居る。こういった面々からすれば、成り上がりの王允に対する無礼はともかくとして、長年朝廷に仕えてきた実績を持つ楊彪に対しての露骨な嘲りは不快の元となりかねない。

さらに言えば、現時点で楊彪の狙いを読み切っている李儒とすれば、王允はともかくとして楊彪に対する悪意はなるべく表に出したくないとの気持ちもある。それら諸々の事情があるからこそ李儒は蔡邕を窘（たしな）めることにした。

尤も、窘めると言っても、当の本人が苦笑いをしながら『気持ちはわかるが落ち着け』程度のものだが。

「……失礼致しました」

その本心や態度はともかくとして、漢の最高位にある太傅から『王允や楊彪に敬意を払う必要はないが、漢の役職には敬意を払え』と言われては、漢に対する失望もあれど、忠誠もまた皆無というわけではない蔡邕も、素直に頭を下げるしかない。

建前は大事。そういうことだ。

「理解してもらえたならそれで良い。つまり現在の長安は、借り物の武力をひけらかす司徒殿と、その司徒殿を窘めるのではなく、幷州勢によって被害を被った後や、狙いを付けられた後に助けることで恩を着せる司空殿に握られている。そういうことだな？」

蔡邕が納得したことを見た李儒が、楊彪が長安で行っている名家的なあざとさを強調しつつ王允をこき下ろせば、李儒の意図を理解した蔡邕も、楊彪ではなく王允の行いを強調して報告を行うことを決意する。

別に嘘を吐く必要はない。

ただ積極的に動いていない楊彪のことを語らなければ良いだけの話。

「その通りです。よって現在の長安には本当に帝に忠義を誓う者や、司徒以上の知見を持ち、その知見を活かすために丞相殿下に献策した者が、それを厭うた司徒によって投獄されるなどの事案が発生しており、方々から怨嗟の念が滲んできている状態であります」

自分自身がその動かぬ証拠である。頭を下げながらも、そう主張する蔡邕。

長安では色々諦めてはいたものの、彼は彼で成り上がりの王允に苦しめられたことに色々と思うところがあったらしい。

そんな王允と蔡邕の確執はともかくとして。

「ふむ。概ね報告とは一致する、か。ここまでで尚書殿（荀攸）は如何お考えだろう？」

「そうですな。他の報告と比べても大きな相違はございません故、蔡邕殿の報告も疑う余地はないかと。やはり現在の司徒殿は君側の奸となりつつあるようですな」

「「「然り」」」

　この場に居る者たちは、あえて楊彪に対する評価を除いたことを理解しつつ荀攸の意見に賛意を示す。

「そうですか……」

「おや、太傅様はなにやら懸念があるご様子。今の報告の中に何か不審な点でもございましたか？」

　落ち着き払っているように見える荀攸だが、内心では（ここで自分に同意させることで周囲を納得させる狙いがあったと見ていたのだが、どうやら読み違えたらしい）とかなり焦りを覚えていた。

「いえ『不審』というよりは『不足』ですな」

「不足？　不十分だと？」

　読み間違えに失望しているわけでもなければ怒っているわけではないことを知り、一息吐く荀攸であったが、ことはそう簡単に済ませて良いことではないことに気が付く。

『不足』を感じる。とは、すなわち『隠蔽』していることがあるということである。

　この場で長安の情報を隠蔽する蔡邕の狙いとは奈辺（なへん）にあるか？　決まっている、内応だ。

「ち、ちがっ！」

荀攸と同じ考えに行き着いたのか、周囲の者たちも蔡邕に対して疑いの目を向ける。しかし、その視線を受けた蔡邕には、隠し事などした覚えなどなければ、内応などするつもりもない。かと言ってそれを証明しろといわれても不可能である。

（このままでは逆賊として父娘共々処罰されてしまう！　それも冤罪で！）

己の言動や思想を貫いた上で殺されるのならまだしも、冤罪、それも『王允を庇った』などというふざけた罪を押し付けられて死ぬなど、御免だ！　そういった思いから焦りを覚えた蔡邕を救ったのは、問題を提起した本人であった。

「そう『不足』ですね。あぁ、私は蔡邕殿が意図して隠しごとをしているとは思っておりません。ただ認識していないだけでしょう」

「認識していない？　太傅殿が内応を企てていないと確信しているのであれば私の勘違いですか。……蔡邕殿。不躾（ぶしつけ）な視線を向けたこと、謝罪させて頂きます」

「あ、ありがとうございますッ！」

一連の会話の流れから、周囲の者からの疑いの目が消えたことを察した蔡邕は、李儒のフォローに大声を挙げてしまう。自分で落として自分で救う。ある意味でマッチポンプの典型だが、李儒にそんなことをするつもりはない。

そもそもの話として、元々自身の身柄と娘の身柄を確保されている蔡邕には、王允の為に嘘や隠しごとをする理由がないことなど、李儒とて理解しているのだ。

その上で、普段から上がってくる情報や、今回実際に長安に赴いた司馬懿。そして長安の治安維持を担当していた司馬防からの報告と比較し、それぞれの報告に感情や主観による事実の誤認などが無いことも、当然理解している。

（理解しているのだが……足りない）

その『足りないもの』を把握しなければ負ける。そう考えた李儒は、自分でも不思議なほどの焦燥感を覚えながら、元々自身が疑問に思っていたことを蔡邕に問いかける。

「では、改めて問おう。貴様が知る中で、王允の傍に居る人間のうち、一番権力を握っていると思わしき者は誰だ？　あぁ、武力を担当する并州勢や、養女を娶（めと）った呂布は別にして、だぞ？」

「太傅様？　……ひぃ!?」

これまで王允を司徒殿と呼び、建前上は自分にも一定の敬意を払っていたはずの李儒が、唐突にその建前を捨てたこと。そして、そもそも質問の意図が奈辺にあるか理解が及ばなかった蔡邕は、思わず頭を上げ、李儒の顔を窺う。窺ってしまった。

――顔を上げた蔡邕の眼前に在ったのは『黒』であった。

否、ただひたすらの『黒』に塗りつぶされた『ナニカ』であった。

蔡邕の態度から、遅れて周囲の者たちも李儒の変容に気付くも、長年の付き合いがある荀攸も、ある意味では荀攸よりも深い付き合いをしている司馬懿でさえもが、目の前で李儒が放つ漆黒の威を目の当たりにして、声を上げることを忘れてしまう。

これまでの人生の中で、洛陽や長安で数多(あまた)の政治の化物を見てきた蔡邕でさえ、なんと形容して良いかわからない漆黒のナニカ。そんなナニカが、じっと蔡邕を見据えていた。

四

蔡邕や周囲の者たちが李儒の変容に言葉を失う中、当の李儒は蔡邕の挙動を注視しつつ思考を働かせていた。

(そもそも、史実に於いて王允が董卓を殺すこと自体がおかしい)

董卓の暴虐が原因というが、董卓が表舞台に出たときから暗殺までの時系列を考えれば、王允の行動に違和感を覚える者も多いのではないだろうか?

まず何進からの上洛要請を受けた董卓が洛陽に到着したのが、何進が死んだ一八九年の八月だ。洛陽に入った董卓が何進一派の兵を吸収して、武力を背景に劉協を帝へと冊立(さくりつ)したのがその年のうちのこと。

そして一九〇年の新年を迎えるとほぼ同時に反董卓連合が興り、一九一年の四月に長安に遷都したらしい。その後董卓は長安には入らず、郿城を建築しそこを拠点とした。

いつ完成したかは不明だが、新拠点の郿城に入り浸っていた董卓が、劉協の快気祝いを口実に長安の宮城に呼び出され、暗殺されるのが一九二年の四月。

以上、この間わずか三年である。

戦続きの中で『董卓が専横を極めた暴政を行った』とされるのは、おそらく彼が少帝劉弁を毒殺したり、それまで散々彼の足を引っ張った名家連中を適時処理したからだろう。

これは儒教的な価値観からすれば確かに暴虐だから、その風評については良い。

問題は『いつ、そして何故王允が董卓を殺すことを決意したか？』ということだ。

暴政を理由に挙げるにしても王允が司徒となったのは長安遷都の後である（その前は楊彪が司徒だった）。

そして前述したように、長安遷都後は董卓は長安に入らず、郿城を拠点としていた。つまり長安に董卓はいなかったのだ。

政に興味を示さず、宴や狩りに精を出していたはずの董卓が、なぜ長安で暴政を行ったことになっているのだろうか？

いやまぁ、董卓の行動はある意味で政を無視しているので、これはこれで暴政を働いていると言えなくもないのだが、そもそも王允としては董卓が政に興味を示さないことは悪いことではない。

というか王允は董卓から政に関して委任されることを望んでいたはずだ。

故に政への無関心が殺意に結び付くことはないだろう。

そもそも董卓に政を一任されたものの、宦官と繋がりがある濁流派を嫌っているが故に彼らを利用しようとせず、幷州出身であることを理由に己を下に見る清流派連中にも憎しみを抱いていた王允が、後ろ盾でもあった董卓を悪しざまに罵る方がおかしいのである。

（結局、動機が薄いんだ）

王允はそれまでの経験から宦官閥とも名家閥とも距離を置いていて、軍部にも伝手があるわけでもなかったため、劉協の名前と董卓の武力を背景にして政を行っていた。

そんな彼がなぜ董卓を殺す必要がある？

悪名の処理？　董卓以外にも押し付ける相手がいくらでもいるだろう？

時期的には、反対勢力の掃除が一段落した段階、もしくはその前から、王允は自身の罪を董卓に押し付けるために彼の暗殺を考えていたと見るのが妥当だろうが、問題はそこではない。董卓を暗殺した後、自身がどうなるか考えなかったのだろうか？　ということだ。

帝を確保しているから大丈夫？　そう言って宮中で何進を殺した十常侍はどうなった？

王允は何進の配下であった袁紹らによって宮中が蹂躙され、宦官もほとんどが討ち取られたことを目の当たりにしている。そんな彼が、袁紹の配下たちよりも血の気が多い涼州や幷州の連中が、帝を盾にする自分に配慮すると考えるほど阿呆だったのだろうか？

（ありえん）

李傕からすれば、董卓の配下が王允に配慮する可能性も、王允が彼らに配慮を期待する可能性も考えられなかった。

では王允は董卓を殺した後で、董卓に罪を押し付けて自らは死のうとしていた？

（それもない）

彼は名誉欲の塊であり、史に名を残すことを望んでいた節がある。

同時に、彼は儒者として、そして軍人として勝者が歴史を作ることも理解していたはずだ。

実際、李傕や郭汜が長安に迫った際には彼らに降伏するよう呼びかけているし、それが拒否されたあとは呂布を差し向けるなど、徹底抗戦の構えを見せていた。

で、あれば、王允には董卓を殺した後に、勝つ算段があったということになる。その算段があったからこそ、彼は董卓を殺す決断をしたといっても良いかもしれない。

（その算段とはなんだ？）

普通に考えれば援軍だろう。確固たる援軍の宛を王允が明言していなければ、董卓を殺すという賭けに出ようとする王允に従う者はいなかったはずだ。

その援軍を出す人物は、いつ裏切るかわからない董卓軍の残党や、董卓の養子ではあったが一将軍に過ぎなかった呂布が率いる幷州勢の一派とは違う人物であり、王允に味方する者もその価値を認めるだけの人物でなくてはならない。

（朱儁？　皇甫嵩？　違うな。両方とも、王允よりも評価が高い人物だ。嫉妬深く、疑り深い王允が無条件で認める人物ではない。ならば……）

この時点で李儒の脳裏に一人の人物の名が浮かび上がるも、李儒はまだ断定をせずに、考察を続ける。

（董卓による害悪の実例として広く挙げられるのは、少帝の廃嫡と殺害、民（名家）の殺害、長安遷都、そして貨幣価値を破壊したとされる董卓五銖銭の発行。この中で董卓五銖銭だけが特に異質だ）

確かに伝え聞く董卓の人間像であれば銭が足りないと言われれば『足りないなら作れ』だの『銅の比率を少なくして数を増やせばいい』だのと言い出しかねないし、誰かにそう献策されたらそれを認めるようなところはあるかもしれない。

しかし、貨幣がその価値を落とすのは、その貨幣が世に出回ってからだ。董卓が郿城に入ってから一年足らず。その間にどれだけ作られたか分からないが、少なくとも世に出回り、浸透するには時間が足りな過ぎる。

そもそもの話だが、董卓に銭の話をしたのは誰なのだろうか？

生粋の武官で、かつ辺境域の王でもある彼には経済的な観念など存在しない。

そう断言できるが故に、董卓が自力で銭の不足に気付くことなどありえない。

もっと言えば、董卓にとって銭とは、食料や鉄と交換できる手段でしかないのだ。よって、極端な話、董卓は銭がなければ羊でも良いし、馬でも、なんなら布でも良いのである。

加えて、彼が拠点とした郿城には銅銭よりも高い兌換効果がある黄金や財宝が大量に蓄えられていたとされているのだ。そんな中で董卓が銭の不足に憂慮するとは思えない。

ましてや長安には、歴代の陵墓に埋葬されていた財貨に加え、洛陽で名家連中が集めていた財の全てがあった。つまり長安では、銭は不足していなかったことになる。

で、あれば、銭が不足していたのはどこなのだろうか？

（……長安以外の地域、だな）

確かに、洛陽から銭の供給が無くなったことで、関東（虎牢関より東）の地域では銭が不足し、経済状態の悪化も見られていたかもしれない。曹操も、一時期税を銭で収めるのではなく物納することを許可したくらいだ。

だが、考えてもみて欲しい。時は治世ではなく乱世であり、さらに世は地域の情報がリアルタイムで手に入る近代ではなく、後漢の末期である。そんな中で『漢全体に銭が不足しているために経済が悪化している』ことを理解できる者がどれだけいるだろうか？

大抵の人間はこの不景気を『戦乱のせい』と取るだろう。実際、あの万能の天才である曹操でさえ、魏国を作るまでは経済に手を出してはいない。この時代はそういう時代なのだ。

しかし、董卓に銭の不足を訴え、銭を改鋳させた者が存在することは歴史が証明している。

ではその存在が居たとして、だ。

この時代に漢全土で銭が不足していることを認識し、董卓に対して対処の必要を訴えるほどの者が、わざわざ銭の価値を落とすような粗悪品を作るだろうか？　という話になる。

（無い。むしろ意図的にインフレを起こして経済的に董卓を、否、郿城に籠った董卓には潤沢な資

金があったはずだから、狙いは董卓以外の連中だな。そいつらを経済的に搦めとろうとしたと考えるのが自然だろう）

もちろん、単純に銅銭の価値に気付かなかった場合もある。だが李儒には相手を過小評価する悪癖はないし、策士とは最初に相手が最悪の手段をとってくることを前提に策を練る者を指す。よって李儒も最悪の状況を想定する。

（考えてみれば、数年、下手すれば数十年単位の策だが、董卓の年齢や、王允を使嗾して董卓を亡き者にする計画と併用することを前提とするならば、それほど荒唐無稽な策というわけでもない）

前提条件が整っていれば、十分に効果的な策。李儒は経済の専門家ではないが、知識があるが故にこの策の怖さを正しく認識する。

（では、この策を企んだのは誰だ？）

後に銭以外での納税を認めた曹操？　否、あれは突発的に青州兵を得たことや、蝗害などで民衆から税を得ることができなかったことから発令された、ある意味で窮余の策である。さらに曹操には経済的な地盤が無いため、そんな真似は不可能だ。

では袁紹や袁術か？　それも否。確かに連中には貯め込んでいる財がある。楊彪という長安に繋がる窓口もある。だが連中に経済戦争なんて構想があるなら、曹操との戦に負けることはなかったはずだ。

それ以前の話として、袁家の周囲に居るのは、彼らの財に惹かれた武官もどきの破落戸や、先代である袁逢（えんほう）や袁隗の名の下に集まった清流派の面々が主体である。前者はともかく、後者の、実質袁家を運用している連中は、銭を『卑しいもの』としか考えていない連中だ。

よって彼らが今回のように銭を使った策を容認することはない。それどころか、この策の有用性を理解しようともせず、献策した者を貶（けな）した上で即座に廃案とするだろう。

（残る可能性としては、交州に在って独自の経済感を持っていた士燮。しかし彼は既に孫堅によって殺されているし、前世の史実でも彼が長安に関わっていたようには思えない。ついでに言えば長安への援軍を出せるような立場でもない。後世、蜀を強奪した劉備（りゅうび）に献策し、銅銭を造らせた劉巴（りゅうは）という人物もいるが、現在の劉巴はまだ子供で長安に援軍を出せるような立場にない）

あえて本命以外の人物を挙げていくことで選択肢を広げようとする李儒だが、ここまでくればもう確定したも同然である。

（……やはり奴、か）

一人居るのだ。

早くから洛陽から距離を置き、何進や十常侍の争いを傍観していた群雄が。

領内で発生した、後に一〇〇〇の兵を派遣して鎮圧出来る程度の乱を理由にして、黄巾の討伐に参加しなかった群雄が。

反董卓連合に参加せず、董卓と連合軍の争いや、その後の袁紹と公孫瓚（こうそんさん）。劉表（りゅうひょう）と孫堅と袁術らの争いを傍観しつつ、ただひたすらに力を溜めていた群雄が。

長安にいる己の子を使って王允の名誉欲を煽りつつ、董卓亡き後、王允の後ろ盾となっても周囲に非難されず、むしろ認められる群雄が。

銭のインフレを引き起こして政権の信用を失わせつつ、社会不安を生み出しながら、数年後にそれを鎮める手段を持つ群雄が。

王允が董卓を殺した後、不自然とも言える速さで動かんとした群雄が。

李傕と郭汜が王允を殺した後、馬騰（ばとう）を動かし、彼らに挑ませ、そして彼が敗れたせいで全ての構想が狂った群雄が。

それは、兵権を持つ州牧制度の復活を霊帝に進言した者。

それは益州牧となって銅の産出地域である巴蜀（はしょく）と漢中を握った者。

それは董卓亡き後の長安を落とし、帝を奉じるか事故死を装って帝を廃した上で、長安近郊にある上林苑を手にすれば漢を一手に握ることが可能だった者。

それは馬騰が長安での戦で李傕や郭汜に敗れなければ、互いに食い合い疲弊していた群雄を平らげることも、経済的に縛ることも可能であった者。

――その群雄の名は、劉焉（りゅうえん）。

「見つけたぞ。……貴様が諸悪の根源（三國志の元凶）か」

彼こそは宗室の一員と認められているが故に幼き帝の後見人として相応（ふさわ）しく。彼を頂点とした政治機構の中に入ることができたなら、蔡邕ですら『王允の行いは全てが漢への忠義の為であった』

と、記すことになるであろう人物である。

# 四三　諸悪の根源に関する考察

一

劉焉について語る前に、今更ながら、非常に今更ながら、李儒という人物について簡単に語ろう。

彼は史料の不足からか生没年は不明だが、間違いなく実在する人物で、ゲームなどでは序盤に於いてのみ登場する、董卓の軍師として名高い人物である。

その実力は、辺境の一将軍に過ぎなかった董卓を天下人に押し上げたことや、反董卓連合に於いて曹操や孫堅を手玉に取ったり、連合軍との戦の最中に遷都を行い、その際に六〇万とも謳われた洛陽の人口全てを長安へと移動させ、それを連合軍に気付かせないままに完遂させた実績を以て証明されている人物だ。

さらに李儒の名を高めたのが、幼いとは言え皇帝であった少帝弁を毒殺した実行犯であるということだろう。

過去に外戚としての悪名をほしいままにした梁冀でさえ、冲帝劉炳や質帝劉纘を『殺した可能性が高い』とされる（史書では質帝劉纘は殺されたとされるが、当時はあくまで極めて確度の高い噂に留まるし、直接手を下したかどうかも定かではない）程度なのに対し、李儒は当時の人間からも完全に皇帝殺害の実行犯として周知されていた事実がある。

『皇帝の殺害』

儒教社会における、否、封建社会に於ける最大のタブーを犯しても、なお董卓の片腕として、当たり前のように政権中枢にその席を保持しているという異常。

このことから、史実に存在した李儒は能力だけでなく、そのような汚れ仕事を行うことができた精神性と、董卓から汚れ仕事を任されるだけの信頼を得ていたことがわかる。

また、反董卓連合に所属していた諸侯を争わせたり、時に停戦を仲介することで戦いを長引かせることで、関東に点在する諸侯の力を削ぎ、長安で足場を固めつつ、十分な準備を整えてからそれぞれの勢力を各個撃破するよう董卓に提言したのも李儒だという。

ついでに言えば、これは演義の話になるが、李儒は王允が仕掛けた美女連環計を即座に見抜き、貂蟬（ちょうせん）の殺害や呂布への下げ渡しを提案して、王允の策を破ろうとしたとされる。

つまり、政略、戦略、謀略。その全てに実績を示した異才の軍師が、李儒という男であり、そんな李儒が凋落（ちょうらく）した原因として挙げられるのが、言わずと知れた『王允による董卓の暗殺』なのである。董卓を失い、統制が取れなくなった涼州勢と并州勢は、互いを喰らいあい、地方の群雄以上に損耗してしまう。その争いの中で、李儒はその姿を消している。

もしもの話だが、李儒の戦略を踏襲していた董卓があと五年生きていたら、公孫瓚と戦っていた袁紹も、司隷の隣の兗州で勢力を拡大しようとしていた曹操も、劉表との戦いで父孫堅を失った孫策も、孫策から玉璽を得て帝を名乗った袁術も、破落戸の頭に過ぎない劉備も、名を上げる前に潰されていたはずだし、董卓も次世代に後を託す準備ができていたはずだ。

つまり、乱世は劉協を奉じる董卓の下に収束していた可能性が極めて高く、また、この時点で戦乱が収まっていたならば、後に五〇〇〇万の人口が一五〇〇万まで減ったとされる長期の大乱にはなっていなかったとも言える。

これが、今世の李儒が劉焉のことを『諸悪の根源』と認識している理由だ。

董卓による暴政の可能性？　それは誰の目から見た暴政だ？　董卓は暗殺された時で五四歳。それから五年ならもう六〇。いい加減隠居することを考える歳だし、まして彼は政治に興味がない。むしろ政治を面倒臭がって長安から離れた地に拠点を造って、そこに入り浸っていた彼が、その歳で何をするというのか？

せいぜいが孫娘を皇族に嫁がせるくらいだろう。

つまるところ、董卓が行ったとされる暴政とは、儒教の世にあって政敵である宦官を殺し尽くした後、幼い皇帝を担ぎ上げて我が世の春を謳歌しようとしていた自称清流派の名家にとっての暴政でしかなかったとも言える。

事実、これによって名家の持つ権力が帝と帝を奉戴する派閥に集中することになるので、董卓に奉戴されている劉協から見れば、董卓の行いは暴政などではなく己を担いで利権を得ようとしていた名家を誅する忠義の行動と言える。

だが、世は乱世。幼少の皇帝の意思などあってないようなもの。

董卓の台頭によって自身の権力を奪われることを恐れた名家や、皇統に董卓の血を入れたくない劉氏の一派が董卓に対して反旗を翻すことになる。このときの彼らの感情は、日本人の場合は豊臣秀吉と公家を例に挙げればわかりやすいかもしれない。

公家たちは、秀吉の持つ武力と財力を恐れたがゆえに、秀吉が『天下を統べる大義名分として』欲した関白の座を、一時的に明け渡した。

しかし、関白とは五摂家と呼ばれる公家の頂点に位置する者たちのみが就任することができる役職である。間違っても金があるだけ、戦に強いだけの農民が名乗って良いものではない。しかも最初は一代限りと言ってきたからなんとか我慢していたのに、後に秀次だとか秀秋だとか秀頼だとかいう農民の親族に継承させようとする始末。

当時の公家たちがどれほど彼を憎んだかは想像に難くない。

その憎しみと同様のものが、董卓と王允に降りかかったのだ。

当然名家や皇族の恨みなど董卓には関係ない。興味さえなかっただろう。文字通り蛙の顔になんとやら、だ。

しかし、それまで自身を清廉潔白な忠義の士と認識していた王允にとっては違った。

といっても、負け犬、もとい、名家どもの遠吠えなどは董卓同様に痛くも痒くもなかったのだが、皇族や宗室からの声は別だったのである。

彼らは、王允の持つ『力』では潰すことができない存在だ。そんな彼らに嫌われてしまえば、死後に編纂される史の中で、自身がどのような扱いになるだろうか？

董卓と同じように五〇を越え、これまで抱えていた濁流派や清流派を自称する名家に対して鬱憤を晴らした王允は、最後の最後で名誉欲という欲に固執していた。

そんな欲望を持つ老人に対し、それを与える側である劉焉が『帝に忠義を誓う烈士よ。私とともに人を顧みぬ暴政を行っている董卓を討ち、帝と共に漢を再興させる気は有るか？』と囁けば、どうなるだろうか？

益州の州牧であり、紛う事なき宗室の出である劉焉が董卓亡き後も自分の後ろ盾となる。

それは王允の行動を全肯定する保証に他ならない。

これまで行ってきた名家の虐殺も皇帝の為。

董卓の殺害も皇帝の為。

漢の為に心を鬼にして悪逆の徒に従いながら、それを誅殺する時が来るまで身を粉にして働いた王允とその一党は、漢の忠臣として末永く讃えられることだろう。

逆に劉焉からの要請を断ればどうなる？

自身が死んだあとの扱いに対する保証がなくなってしまう。

董卓が生きているうちはいいだろう。しかし董卓が死んだ後は？　それに、この提案は自分だけにしているのか？　他にも声をかけているのではないか？　現時点で他に声をかけていなくとも、自分が断ったら他の人間に話を持っていくのではないのか？

それで、もし他の者が董卓を殺害したとき、自分の扱いはどうなる？

悪逆の徒の一味のままか？　こうして疑心暗鬼に陥った王允は、劉焉という確かな存在に縋り付くしかなかった。

皇帝である劉協の意見？　兄である少帝弁を殺されたことに多少の不満はあったかもしれないが、一一歳の子供が、自分を奉じる董卓から『実権を奪いたい』などと願うはずがない。

結局王允は幼い皇帝の思惑を放置しながらも、劉協の名を使って董卓を宮城に呼び出し、そこで董卓を討ち取ることに成功する。

この結果を受けてほくそ笑んだのが、王允を操っていた劉焉だ。このまま王允が董卓の残党に殺されてくれれば、残るは名家の後ろ盾も宦官の後ろ盾もない皇帝一人。益州には五銖銭を製造するために必要な銅がある。長安には五銖銭を製造する技術と設備、そして五銖銭の価値を保証するための黄金がある。

潤沢な資金に加え、韓遂の乱の時から密かに手懐（てなず）けていた馬騰や、羌族を中心とした関中の兵。更には連合軍を蹴散らした董卓の残党を吸収できれば、連合軍の発足から争いを続けて弱体化した群雄など何するものぞ。

長安から覇業を成した高祖劉邦に倣い天下を平定すれば、自分が、否、自分の子か孫が皇帝となることも夢ではない。

老いた男の目に映るのは、後世に残る自身の名声と、皇帝として君臨する子孫の姿。

この時の劉焉は得意の絶頂にあったことだろう。

まぁ実際は初手で馬騰が董卓の残党に敗れ、後を託そうとした息子たちもその残党たちに殺されてしまい、残された劉焉は失意の内に死ぬことになるのだが……己で動かず、企みがバレた策士の末路など得てしてこのようなものなので、同情には値しない。

とにもかくにも、劉焉は李儒が知る史実に於いて、王允を唆し董卓を殺させた張本人と見て良いだろう。

この企みが為された後に発生した大戦争を知る李儒からすれば、彼の罪は名家意識を暴走させ乱世を加速させた袁紹と同等、否、それ以上に重い。

(では、そこまで理解した上で俺が取るべき行動は何だ?)

もちろん、自分の記憶の中にある劉焉の行いを理由に彼を糾弾することなど不可能だ。それに今の状況で王允が狙うのは、董卓ではなく自分である。

劉焉の狙いが董卓と自分の共倒れにあると考えれば、その方法は……やはり王允に董卓の養子である呂布を巻き込ませること、だろうか?

董卓が切り捨てるつもりでも、養子である以上、無関係とは言い張れないのが世の中というものだ。さらに王允が李儒の暗殺に成功しているのなら、罪に問われることを嫌った董卓が、弘農と敵対する可能性も皆無とは言い切れない。

（かと言って今の段階で王允を殺しても、劉焉は無関係を装って逃げるだけ。周囲も俺と王允の政争としか認識しないだろうから、中々に面倒……でもないか？）

一瞬『王允による自白があれば楽』と考えたが、この場合『政争相手が自白した』と言っても周囲は納得しないことは想像に難くない。

（まぁ連中が納得しようがすまいが本質的にはどうでも良いことなのだが、一応は配慮が必要だろうな）

……実際のところ、隠居を目指している李儒としては、必ずしも周囲を納得させる必要はない。しかし、自身が横着したせいで世に混乱が生まれた場合、それを鎮める為に呼び出される可能性もあるわけで。

（それに、今の状況なら劉焉を嵌めるのも殺すのも簡単だ）

劉弁の親政を控えた今、自身が知る史実の李儒を嵌めた相手、即ち王允を操っていた者の存在や、その狙いがわからないことが彼にとっての不安の種であり、焦燥感の原因であった。

しかし、その狙いはともかくとして劉焉という黒幕の存在に気付いた以上、もはや焦りや不安は皆無。

（劉氏のこだわりなんざ俺には関係ないからな。連中が自身のこだわりを正義、大義と嘯(うそぶ)くならそれに殉じさせてやる。……さて、どうやって殺してくれようか。史実のように息子を先に殺すか？　確か綿竹に雷が落ちたとかいう話もあったな。投石に火薬でも仕込んで叩き込んでみるか？　あぁ、その前に宗室からの追放と逆賊認定が先か。いやぁ、劉焉(諸悪の根源)にとって、何が最も屈辱的、かつ効果的な報復となるのか。考えるだけでも楽しいな、おい）

（わ、嗤(わら)った!?　ひぃぃぃぃぃぃ！）

（（……ご愁傷様））

無言のまま徐々に黒さを増していく李儒。

彼が醸し出す黒い雰囲気に飲まれた一同は、彼の視線の先でひたすらに震える蔡邕にただただ同情の念を抱くのであった。

二

劉焉。彼の先祖は、後漢の章帝時代の元和年間に中原から江夏郡に国替された一族のうち、江夏郡にそのまま移住した分家筋の家と言われており、前漢の魯恭王であった劉余の末裔に当たるとされる。

彼は、李儒が何進の下に出仕する前から、宗室の人間として冀州刺史(きしゅうしし)・南陽郡太守・宗正(そうせい)・太常を歴任した人物であり、劉弁の父である霊帝劉宏の時代に、十常侍と名家、そして外戚である何進の登場による政争から距離を置くため、霊帝に対して地方の刺史に兵権を持たせた存在である州牧の復活を進言し、自身がその先駆けとして益州の州牧となっている。

益州牧となった後は、黄巾の乱での混乱や董卓の死亡後に引き起こされた三輔地域の飢饉とその後の戦乱によって生じた難民を受け入れ、東州兵という官軍とは別の命令系統を持つ私兵軍団を組織したり、道教の教祖である張魯を漢中に配属して、橋や道を破壊させた挙句に彼を長安に対する壁とし、長安政権から距離を置いて益州を半独立国のような状態にした人物であると同時に、後に劉備が建国する『蜀』の前身を築いた人物でもあり、そして史を編纂するために資料をまとめていた三國志の著者である陳寿からも、その野心を指摘された人物であった。

～～～～～～～～～～～～～～～～～～～～～～～～～～～～～～～～～～～～～～

「師、いえ、太傅様。その、諸悪の根源……とは？」

長い付き合いのある荀攸ですら声を掛けるのに躊躇する空気を醸し出す李儒。そんな彼に注視されて呼吸が危うくなりつつあった蔡邕や、李儒の放つ重圧で胃を痛めそうになっていた周囲の幹部たちを救ったのは、蔡邕を弘農へと連れてきた張本人であり、李儒の弟子でもある司馬懿であった。

「ん？　あぁ。もしかして口に出していたか？」

司馬懿から質問を受け、李儒が放っていた謎の重圧が消える。

李儒が放つ重圧から解放された周囲の面々から「良くやった！」と言う賞賛の目を向けられた司馬懿であったが、彼が李儒に声をかけたのは、別に蔡邕を救う為でもなければ、李儒の放つ重圧に耐え切れなくなったわけでもない。

純粋に、李儒が口にした『諸悪の根源』が気になったから声をかけたのだ。

（師がそのように評する者とは一体誰のことだ？　まさか王允如きではあるまい）

そもそも、司馬懿が師と仰いだこの男は、何進と共に黄巾の乱の始まりから終わりの画を描き、韓遂の乱では董卓を含む西方の群雄や、彼と繋がりがある羌族や匈奴に己の存在を示し、張純の乱に対処した公孫瓚と劉虞（りゅうぐ）の仲を取り持って鮮卑や烏桓（うがん）への影響力を強め、袁紹の暴走から生まれた反董卓連合を利用して遷都を行うと同時に、名家の選別と連中が溜め込んでいた財を徴収するという離れ業を見せた男である。

そして今もまた王允に幷州勢という武力を付け、長安にいる宦官や彼らと繋がりがある濁流派や、王允を見下していた清流派の者たちを滅ぼさせているのが、司馬懿の目の前にいる男なのだ。

こういった実績から、今も地方で生き残っている名家や宦官たちに『諸悪の根源』と呼ばれるのに相応しいのは誰か？　と問えば、九割以上の者（弘農の人間含む）が『李儒』とその名を挙げることは確実である。

ただまぁ、彼の行動は一貫して漢の為に行っている行動であり、漢に不利益を生じさせているわけではない（名家の剪定は、彼らにとっては悪でも、漢にとっては必要なことである）ので、少なくとも現在の漢帝国皇帝である劉弁は、李儒を『悪』とは見なさないだろう。

皇帝が白と言えば、黒いカラスも白である。

故に皇帝が悪と見なさない李儒は悪ではない。

そんな儒教的な証明はともかくとして、敵から悪逆非道と恐怖され、味方からも腹黒外道と畏怖される自らの師が『諸悪の根源』と敵視する相手がいるという。

弟子として、策士として興味が湧かないわけがない。

つまりこの質問は、理性の人と謳われる司馬懿という人物からすれば極めて珍しい『好奇心の発露からの質問』であった。

「策士たるもの、無意識に内心を口に出すなど言語道断。師としても弟子に見せて良いものではなかったな。……いやはや、私もまだまだ未熟よ」

「三〇にして立つと申します。師は未だ三〇になっておりませんので、多少は問題ないかと」

「ふむ。偉大な先人の言葉を踏襲するならそうとも言える、か」

「はっ」

自らの弟子から己のミスを指摘され己の未熟を恥じる李儒。彼は司馬懿からの『極めて珍しい質問』を受け、敢えて『太傅』としてではなく、師として接することで、重苦しい雰囲気を払拭することに成功する。

「では私の考えを伝えよう。あぁ、諸君らも聞いて欲しい。今後の方針にとっても無関係ではないからな」

「「「はっ！」」」

李儒が放つ黒い重圧が消えたからといって、荀攸らは『これで一安心』と気を抜くわけにはいかない。なにせ、あの李儒が『諸悪の根源』とまで断言した者がいるのだ。それが誰を、そして諸悪とは何を指すのかが不明なままでは『今後に不安が残る』どころの話ではない。

さらに、司馬懿からの質問を受けた李儒は、司馬懿だけではなく、この場に居る全員に教えるという。この状況で後から己の意見を聞かれた際に「聞いていませんでした」などと腑抜けたことを口にすればどうなることか。

やればわかる？　やらなくてもわかるだろう。

「まず、司徒殿の行動の不自然さについての説明からだな」

「不自然さ、ですか？」

「そうだ。あぁ、諸君らも疑問に思ったことは随時口にしてくれて構わないぞ。ただし……」

「「「ただし？」」」

「あまり感情的になったら面倒なので、その場合は強制的に頭を冷やすことになるが、な」

「「「……」」」

「理解してくれたかな？　では話を続けよう。そもそも王允の行動は……」

「「「……」」」

この会議の場に集められた面々の中に「横暴だ！」などと騒ぐ阿呆がいないことを確認した李儒は、自らの考察を語り始める。彼ら弘農派と呼ばれる派閥の幹部たちは、その言葉を聞き、己なりの分析を働かせることに注力するのであった。

三

「最初に違和感を覚えたのは、司徒殿が丞相殿下を通じて陛下に銭の改鋳を上奏してきたときだ」

王允の行動の不自然さを周囲に理解させる為に李儒が選んだ題材は、やはりというかなんというか、半年ほど前に上奏された五銖銭の改鋳に関する事柄であった。

「銭の改鋳。確かにそのような上奏もありましたな。あの時は『銭に関しては国家の大事。故に陛下の喪が明けるまで待つように』とお答えになったのでしたか」

李儒の言葉に相槌を打つのは、取次役としてその場にいた司馬懿である。

「うむ。あの時点では、私も国内に於いて銭が不足気味であったことを理解していたからな。上奏自体はまともだと思っていたのだが、後からその上奏をしたのが司徒殿だということがおかしいと気付いたのだよ」

「司徒殿が上奏することがおかしい、ですか？　……あぁ、確かに」

「気付いたか？」

「はい。確かにおかしいですね」

「「「……？」」」

この時点で司馬懿は李儒の言わんとしていることを察することができたのだが、周囲の者たちは半分以上がその意味を摑みかねていたようで、しきりに首を捻ったり、目を見合わせながら「わかるか？」「わからん」と無言で会話を行っていた。

（この場に居る面々でもまだ理解できんか。まぁ仕方のないことではある。しかしこの状況こそが、あの上奏は王允の発想ではないという証拠になるな）

彼らの態度を見て、己の推察が大筋で外れてはいないことを確信した李儒は、周囲の者たちにも分かるように説明をする。

「簡単に考えるといい。基本的に自身を清流派の旗頭と宣う司徒殿が、だぞ？　普段からその存在を賤しいモノと見下している司徒殿が、自らの名で銭のことに言及し、あまつさえ丞相殿下に上奏したのだぞ？　この時点でおかしいだろう？」

王允はその生まれから司隷や南陽、潁川といった所謂中央出身の名家の者に対し劣等感に近いものを抱いていたし、そもそも彼は楊彪ら生粋の名家の出身者とは違い、これまで先達が積み重ねてきた経験や情報というものを持ち合わせていなかった。このことが影響していたのだろう、長安にて権勢を振るっていた王允の姿は、田舎生まれの成金が都会に住む生粋の金持ちに憧れ、無理をして真似をしようとしていた姿に見えなくもない。

そうであるならば、だ。

「ふむ。太傅様は『普段から名家の振る舞いを心がけている司徒殿が、自分から銭の話題に触れるのはおかしい』そう仰りたいのですか？」

「その通り」

「「……なるほど」」

荀攸がそう纏めれば、この場に集められている面々も李儒が覚えた違和感の正体に思い至る。

「それを踏まえた上で問おう。もし尚書令殿が配下から銭の改鋳に関する提案をされた場合、どのような行動を取る？　すぐに丞相殿下や陛下に上奏するかね？」

「いえ、某ならば上奏を行う前に銭の分布状況や改鋳に必要な資材の有無の確認を行います。次いで必要経費や改鋳に伴う布告等の段取りについての根回しも……あぁそこも不自然ですね」

「だろう？」

そもそも上奏を行う場合、その内容が弾圧だの弾劾でない限りは各部署に対しての事前準備や根回しは欠かせないものだ。

で、ある以上、もし王允が本気で改鋳を望むなら最低でも長安にいる名家、特に楊彪の一派に対しての根回しが必要なのだが、王允がそのようなことをしたという情報はなかったし、改鋳を上奏する前の王允が銭の分布状況を調べたという情報もなかった。

不確かな情報を元に政策に関わる上奏を行うなど、それも自身の名を使って行うなどありえないことである。なにせそれは情報を精査した後で自分たちに都合の良い情報に捻じ曲げたり、上奏そのものを握りつぶしていた十常侍ですらしなかったことなのだ。

断じて王允が目指しているであろう『名家らしい名家』の行動ではない。

「では司徒殿のような立場の人間が、誰かに銭の改鋳に関する上奏を頼まれた場合、どのような行動をとるのが自然だと思う？」

下調べをする？　否。

根回しをする？　否。

「断ります」

そう。清流派としての誇りを有する者ほど『銭のことになどに自分を関わらせるつもりか？』と、発案者を叱責する。良くて上奏の黙認までだ。自身がその者に代わって上奏するなどありえない。

これが名家の常識である。

「そうだろうな。加えて、長安という漢帝国の中心地に暮らす司徒殿に『国内で銭が不足している』などと主張したところで、その意味を理解できると思うか？」

「無理でしょう。実際に長安で顔を会わせましたが、司徒殿にその内容が理解できているとは思えませぬ」

荀攸との会話で王允の人品を問い、周囲の者たちに王允の行動に対する違和感を共有することに成功した李儒は、次いで王允の持つ能力に言及する。その、ある意味で失礼とも言える李儒の問いに即答したのは、先日長安に赴き直接王允を観察してきた司馬懿であった。

「自身が理解できぬものをそのまま上奏するなど正気の沙汰ではない。……確かに考えれば考えるほど司徒殿の行動には違和感を覚えますな」

　そういった事情を踏まえて考えれば、現状ただでさえ名誉欲に囚われている王允が、自身の名前を使って『銭』に関する上奏を行ったということの異質さが浮かび上がってくるというものだ。

「司徒殿に理解できぬであろう政策を司徒殿へ訴えるのも異常なら、司徒殿がその政策を丞相殿下に上奏したのも異常。ならばその行動の裏には司徒殿へ異常な行動をさせるだけの影響力を持つ何者かが存在する。そういうことですか」

「うむ」

　司馬懿の言葉を受けた荀攸が続けて告げれば、司徒だからという理由で王允を過大評価するつもりのない面々は、現在司徒として政治を壟断する王允が、李儒のいう『諸悪の根源』に操られているだけの操り人形でしかないことを確信するに至る。

「つまり太傅様が語る諸悪の根源とやらは、司徒殿に銭の改鋳を上奏させることができるだけの権力を有する者であり、同時に国内に銭が不足するという意味や、銭を改鋳することで生じる問題とやらを正しく理解している存在となりますな」

「その通りだ。すまんが銭の不足に関する問題や、銭の改鋳によって生じるであろう問題に関してはこの場で簡単に説明できるものではないので説明を省かせてもらう。……我々にとって重要なのは、既に水泡と帰した策ではなく司徒殿の裏にあって彼を操る者の存在だからな」

李儒は王允を通じて劉焉が仕掛けてきた策の内容と、その危険度を正しく理解していたのだが、その考えをこの場にいる面々に説明することはしなかった。

それは『自分も経済の専門家ではないし、何よりこれまで銭を賤しいものとして育てられ、その扱いを避けてきた名家の者たちにインフレやデフレの怖さを教えることは困難である』と考えたこともあるのだが、一番の理由は現状で『経済』という、あやふやでありながら国家の基盤を支えるものに手をつけることを嫌ったからである。

「「……」」

ここまで話をしておきながら、肝心の仮想敵が仕掛けてきた策の説明を省かれた司馬懿や荀攸らの中に思うところがなかったわけではない。

だが、元々彼ら自身も己に銭に関する知識が乏しいことを自覚している上に、彼らには識者としての意地、具体的には『仕掛けられた策を理解できない自分にこそ問題がある』といった気持ちもあった。

まして時期が時期だ。

先帝の喪明けが近いこの時期、相手が仕掛けてきた『銭を使った策』とやらが既に李儒によって看破され、その対策までされているというのであれば、彼らが今考えるべきなのは『策を仕掛けてきた首謀者の正体とその狙い』にあるのは間違いない事実である。

（銭を使った策の内容については後日師に伺うとして、師がこうして回りくどい言い方をするということは「少しは自分で考えろ」ということに相違あるまい）

弟子としての経験を活かし、真っ先に李儒の思惑を推察した司馬懿は、その思考を『敵が仕掛けてきた策の内容の精査』から『策の立案者の正体』へと切り替える。

（師が語るところの諸悪の根源。つまり実質長安を牛耳る王允の裏にいる存在とは何者か？　……事前の情報がなければ、王允の傍にあって思考を誘導しやすい者として真っ先に名が挙がるのは司空・楊彪）

事実、長年中央の政治に携わり、洛陽の汚泥の中を泳ぎ切った経験を持つ楊彪ならば、気位だけが高く能力に難がある王允を操ることなど造作も無いことだろう。

（だがアレは違う）

しかし司馬懿は楊彪という選択肢をあっさりと切り捨てる。

（楊彪は良くも悪くも古き体質の持ち主。あれに銭を使った策など理解できるとは思えんし、あれが何かを企んでいるとしたなら、これまで師がそれを見抜けなかったとは思えん。なにせ師は先ほど『見つけたぞ』と口にした。つまり、未来を見通すかのような視野を持つ師ですら、その存在に気づいたのはつい先ほどのこととなる。ならば、その相手は司空として常に姿を晒している楊彪ではない）

「「……」」

他の面々も無言で頭を悩ませる中、司馬懿も無表情のまま思い当たる人間を脳裏に浮かべていく。

（私が最初に長安で不自然に感じたのは、王允が私、つまり私の背後に存在する師に対して明確な敵意を抱き、それを隠しもしなかったということだ）

王允が政敵である李儒に対して敵意を抱くのはわかる。

だがそれを隠そうとしないのはおかしい。

なにせ太傅である李儒の持つ権力は司徒でしかない王允のそれを遥かに凌駕しているからだ。その上弘農丞（じょう）であり光禄勲（こうろくくん）として弘農の軍勢や禁軍の指揮権を持つ李儒は、借り物の并州勢を手駒にした気持ちになっている王允など、文字通り鎧袖一触で蹴散らすことが可能だ。

よって王允の立場であれば、現時点で李儒を打倒できる根拠が無い限りはその敵意は隠し通さねばならないものであるはず。そうであるにも拘わらず李儒の使者である司馬懿に対し、王允が明確な敵意を向けてきた。それは何故か？

（自分が殺されないという確信があるから、だろうな。そして王允にその確信を与えた相手こそが、師のいう『諸悪の根源』なのだろう）

ここまで考えれば話は簡単だ。

（皇帝陛下と丞相殿下、さらに皇太后殿下を抱えた師に手出しを躊躇させる――と王允が思い込む――存在など、数える程しかいない）

「……司徒殿を操るは陛下より年長の皇族、もしくは宗室に連なる者、ですか」

「ほう。流石に早いな」

「「……!?」」

司馬懿の口から紡がれた『諸悪の根源』の正体を聞いて李儒がニヤリと笑えば、荀攸たちは一気にその顔色を驚愕に染めた。

「ではその者は誰だと思う？　あぁ、誰の名を挙げても不敬として罰することはせん。この場を軍議の場と思い、自身が思いつくことを忌憚なく述べよ」

「はっ」

これから司馬懿が名を挙げるのは、王允を操っている容疑者である。つまり劉弁を擁する李儒の敵であり、漢王朝の敵だ。だが司馬懿の立場で皇室や宗室に連なる人間を名指しで謀反人扱いすることは間違いなく不敬なこと。

そこで李儒は、己の権限で司馬懿を守ると宣言をした。

尤も、この宣言の目的は皇族に対する配慮ではなく、あくまで周囲にいる名家連中に対して『細かいことで騒ぐなよ』という牽制である。

「「……」」

李儒の宣言の意味を正しく理解した荀攸らは、固唾を呑んで司馬懿が誰の名を挙げるのかを見守ることとなった。

そんな周囲の張り詰めた空気をものともせず、司馬懿は己の考察を口にする。

「まず劉虞様ではございませぬ」

現在最も力を持つ皇族と言えば、冀州牧として袁紹の討伐を任じられた劉虞である。このことは、衆目の一致するところであろう。

実際に、董卓を討たんとした袁紹が洛陽に兵を向けた際、彼を反董卓連合の旗頭にしようとしたことからもわかるように、劉虞ならば幼い劉弁や劉協に代わって皇帝を名乗っても周囲の反感は極めて少なく済む。漢王朝を滅ぼしたいわけでもなければ、皇帝を傀儡にするつもりもない王允にしてみれば、劉虞は最適な人材であった。

だが司馬懿は真っ先にその可能性を切り捨てる。

「その心は？」

「元々劉虞様は数年前に二〇万もの大軍を組織した袁紹からの誘いに乗らなかった御方です。当時の袁紹らよりも劣る司徒殿の誘いに乗るとは思えません。また冀州は長安から遠すぎます」

「その通り。我々にご本人様のお気持ちを推し量ることは不可能だが、大前提として距離の問題がある。それが解消されていない以上、劉虞様が司徒殿の後ろ盾となる可能性は極めて低いと言えよう」

誰であれ他人の内心を推し量ることは難しいが、距離の問題を考慮することは容易（たやす）い。

距離。これは単純にして、どうしても解決できない問題だからだ。

なにせ王允が居座る長安から劉虞が拠点を構える冀州勃海郡まで使者を交わすだけで数ヶ月単位を見込まねばならないのである。それも弘農の勢力に知られないまま、だ。これでは綿密な計画を立てることなど不可能と言えるだろう。

さらに万が一両者がうまく連動することが可能となり、冀州から劉虞が援軍を出すことになったとしても、問題はそれだけではない。同じ冀州の鄴にいる袁紹や彼に味方する勢力があるし、袁紹らを打倒する、もしくは密かに懐柔することに成功したとしても、軍勢の準備や移動にはどうしても時間が取られてしまう。この時間があれば現在李傕の勢力圏である司隷の河内、河南、弘農を固めることは容易い。

ここで大きいのは、大将軍である董卓が既に李傕につくことを決めていることだ。

禁軍と弘農の軍勢に加え董卓軍まで李傕に味方する以上、かつて二〇万を超える反董卓連合すら突破できなかった防衛網を、劉虞の軍勢だけで突破できるはずがない。

もし司隷を経由せず并州を経由して長安に向かおうとしても、やはり董卓や董卓に味方する遊牧民族の軍勢を突破する必要があるので、どうしても現実的ではない。

よって劉虞が長安へたどり着くには、どうしても董卓を説得する必要がある。

しかし現時点で董卓から『劉虞が使者を寄越した』という情報は来ていなかった。

根回しの使者すら出していないというのであれば、劉虞と董卓は繋がっていないと判断しても良いだろう。

例外としては、既に董卓が弘農に差し出した孫娘の董白を見捨てており、弘農に対して虚偽の報告をしている場合だろうか。具体的に言えば、周囲の配下にまで『溺愛する孫娘を見捨てることは無い』と見せかけてこちらの油断を誘いつつ、いざことを起こす段階になったら劉虞の軍勢に呼応して一気呵成に弘農へと攻め込んで来る策だ。

この可能性は決して皆無というわけではない。

（皆無ではない。だが、ないだろうな）

だが司馬懿が見たところ董白に対する董卓が見せる執着（孫への愛情）は本物だ。

人間関係に疎い司馬懿ですらそう判断するほどに孫娘を溺愛している董卓が、彼女を犠牲にしてまで劉虞や王允の為に動くはずがない。

こういった事情から、司馬懿は劉虞の関与を否定する。

「同じ理由で宗室の出である兗州牧劉岱（りゅうたい）様、ならびに揚州牧劉繇（りゅうよう）様もありません。また荊州刺史の劉表様は先年の戦から行方不明ですし、江夏にいる御子息の劉琦（りゅうき）様は他人に気を遣える状況ではありません」

残る宗室のうち、兗州牧である劉岱は反董卓連合での損耗や青州黄巾党の相手で余裕がないし、揚州牧の劉繇は遠すぎる。そして劉琦は逆に後見を必要とする立場だ。

「長安に残る皇族の方や、丞相殿下と共に弘農へ参じた皇族の方々には武力がありません。であれば、残る候補は御一人しかおりませんな」

司徒である王允を無条件で従える格を持ち、幼き皇帝の後見人としての名目を持ち、自前の所領と武力を持ち、長安と距離が近いところに存在する人物とは誰か。

周囲にいる者たちがその脳裏に一人の人物を思い浮かべた時、司馬懿の口から一人の人物の名が告げられる。

「巴蜀に根を張り漢中から長安を窺うは益州牧劉焉様。御方（おんかた）こそ、太傅様が『諸悪の根源』と推察した御方と愚考いたします」

「なんと！」

「いや、だが確かに劉焉様なら」

「条件には合う。しかし……」

周囲がざわつく中、拱手しながら自身の答えを待つ司馬懿に対し、李儒はその表情を崩さぬまま、ただ一言「よく見た」と呟き頷くのみ。

兄弟子が推測し、師が認めたことで黒幕の存在を知らされた謎の少年が、劉焉に敵意を抱くのは当然のことであった。

——白い鷺（さぎ）も、皇帝が「あれは黒い烏（からす）だ」と言えば黒い烏となるのが常識である漢王朝に於いて、太傅である李儒はその皇帝に対して白い鷺を指差し『あの烏は黒い烏です』と耳打ちできる人物である。

ならば、ことの成否に拘わらず李儒が『敵』と見做（みな）した時点で、その者は『敵』となる。

今日この時より、宗室の一員であり益州牧として益州に君臨する劉焉は、弘農の面々から『敵』と認識されることとなった。

味方からさえ腹黒外道と謳われる李儒に直接『敵』認定された劉焉。今後彼がどのような末路を辿ることになるのか。

この場にいた者たちにできたのは『せめて宗室にふさわしい死が訪れるように』と、祈ることだけであったという。

四

蔡邕の聞き取りと諸悪の根源の存在が周知された会議が終わった後のこと。

「劉焉ってたしか、父上に州牧制度を復旧させるよう上奏した人でしょ？　そして自分が益州の牧になった後は、宗室の立場を利用して益州で好き勝手してる人だよね？」

「はっ。加えるなら、洛陽や長安との繋がりを絶つために巴蜀と長安の間にある漢中へ五斗米道なる宗教団体の教祖を置き、その者に洛陽から派遣されていた官吏を殺させたり、長安との間にある道や橋を破壊させたりしつつ、先年発生した黄巾の乱で生まれた流民や、涼州での戦（辺章・韓遂の乱）で損害を受けた羌族たちを懐柔し、益州内で官軍とは異なる独自の戦力を作りつつある。などといった『噂』がある、あの劉焉様でございます」

会議の内容を報告するため自身の下を訪れた司馬懿に対し、劉弁がやや皮肉を加えつつ己が知る劉焉の為人を語れば、それを受けた司馬懿は司馬懿で、無表情のまま様々なところに不自然なアクセントを加えつつ、淡々とここ数年間で劉焉が行ってきた行動を挙げていく。

「うわぁ」

劉焉が耳にすれば『自分を貶める讒言だ！』と糾弾するであろう諸々の報告を耳にした劉弁は、その内容に思わず顔を顰めることとなった。

しかしそれは『司馬懿が自身に讒言をしている』と思ったから、ではない。

司馬懿が事実を述べているということを知ったからこそ、劉弁は顔を顰めたのだ。

「……もう色々駄目だよね。その上で最近は王允に何かを吹き込んで色々と悪巧みをしてるんでしょ？　まぁ王允と劉焉の繋がりを知ったのはさっきのことらしいからそれに関しては仕方ないにしても、中央から送られた官吏を殺したり道を破壊したのは事実なんだよね？　なんでこれまで劉焉を放置してたの？　これまで忙しくて手を出せなかったのかな？　それとも何かの策に使うつもり？」

劉弁の心境としては（属尽とか名乗って色んな場所に迷惑をかける連中といい、宗室とか名乗って普段は朕の親戚面して偉そうにしてきながら、いざというときには助けにこようともしない連中といい、周りに碌なのがいないんだけど。父上や今までのお歴々。それに宗正は一体何をしてきたのかな？）と、父親をはじめとした歴代の皇帝や、皇族や宗室を取りまとめる役職に就いていた役人たちに対する不満で一杯であった。

「その問いに対しては、未熟な某に師の内心を推し量ることはできませぬ。故に某の予想となりますがよろしいでしょうか？」

「うん。予想でいいよ」

「では某の予想を申し上げます。まず師が多忙であることも無関係ではありませぬが、それ以上に『劉焉様が宗室に連なる御方である』ということが挙げられます」

「んー？」

「いくら師と言えども、陛下のご一族である劉焉様を独断で処するわけには参りませぬ。故に今までは黙認という形をとっていたのではないかと愚考致します」

徐庶が見たら一瞬で土下座しそうなほどの不満を一切隠そうとしない劉弁からの下問に対し、司馬懿は表情を変えぬまま言葉を紡ぐ。事実、現在李儒が就いている太傅という役職には様々な権限があるのだが、その中に宗室や皇族を断罪する権限は存在しない。

彼らの行動を監視したり、掣肘する権限を持つのは九卿の一つ宗正という官職であるが、その宗正にしても自身が持つ権限を行使するためには皇帝の許可が必要なのだ。

劉弁にとってはただの遠い親戚でしかなくとも、他の者からすれば絶対権力者の親戚である。そうである以上、誰であれその扱いは非常に繊細にならざるを得ないのだ。

よって宗室を裁く権限を持たない李儒が、宗室に連なる人間である劉焉の行動を黙認するのも当然のことと言える。

「いや、それって表向きの理由だよね？　朕は本音を聞きたいんだけど？」

だが、王允あたりなら騙せたであろう儒者の理屈も、李儒の下で順当に成長を重ねている劉弁を誤魔化すには至らなかった。

「おや。お気付きですか」

聴きようによっては、絶対君主である劉弁が『自分に嘘を吐くな』と司馬懿を糾弾した形となるのだが、糾弾された側であるはずの司馬懿には嘘を吐いたことに対する後ろめたさや、命乞いの色は一切ない。

それどころか「よくぞ見抜いた」と、劉弁の成長を寿ぐ始末。

「そりゃ少し考えればわかるでしょ。……李儒もそうなんだけどさぁ、こういうときにわざと答えを暈して朕を試そうとするのはどうかと思うんだよね」

絶対権力者である劉弁にジト目で訴えかけられても、司馬懿の無表情は崩れない。

「陛下を鍛えるのが師の務めであり、兄弟子である某の役目ですから。それに昨今はその『少し考える』ができない者が多いのですよ。長安の司徒殿もそうですし、冀州の袁紹もその典型ですな」

「あいつらと一緒にされてもねぇ」

劉弁からすれば比較対象が悪すぎると言いたいところであるが、残念ながらそう思っているのは本人だけである。

「そうは言いますが、あの者どもとて若き日はそれなりの評判を得ていた者たちですぞ？」

事実、袁家という下駄を履いた袁紹はともかくとして、王允は登龍門の語源となった李膺に認められた郭泰なる人物から『王佐の才』の持ち主として評された程の人物だ。

世に認められた人間からの評価こそが全てであったこの時代。過去のこととは言えそういった評判を持つ王允は、間違いなく有能な人物として（長安の人間はすでに王允の器を見限っているが）周囲に認識されているのである。

翻って劉弁はどうか？　幼い弟に劣る愚昧な兄。これが世間一般に於ける劉弁の評価だ。

これに関して言えば劉弁が毒に侵されていたことを知っている面々からすればなんの意味もない評価である。しかしそれを知らない面々たちからすれば、その評判こそが全て。

実際長安には、愚昧な劉弁を皇帝と仰ぐよりも、幼いながらも三年間丞相としての務めを果たした劉協を皇帝にするべきではないか？　という声もある。

（喪に服さないと駄目だとかほざくくせに、喪に服したら喪に服したで実績がないとかほざくなんて。ほんと儒家って勝手な連中だよね）

劉弁が喪に服しているのは解毒のためだけではない。こうして三年間喪に服すことで、儒家からの誹謗を防ぐ意味合いもあった。しかしその三年間を『無駄』という士大夫もいるのだから、劉弁としては堪ったものではない。

「まぁそうなんだけどさぁ。でも評判だけ良くても意味ないでしょ？　せめて何かしらの実績がないと重要な役職に就けるのは駄目だよね」

だから劉弁は、儒に染まった士大夫を信用しない。そもそも自身の恩人であり師でもある李儒が『政に儒は不要』と断言しているのだから、尚更である。

ただ、実力主義にするにしても様々な問題があるのは事実だ。

「その実績を積ませる為の人選の基準が評判なのです。無名の者を見出すのも士大夫の職務のうちですが、なにより『自身が推挙した者の言動に対して自身も一定の責任を負う』という儒の教えがあればこそ、彼らもそれなりの人間を推挙するのですぞ」

推挙した者が問題を起こした場合、推挙した人間も連座して罰を受ける。その不文律が組織に自浄作用を齎すのも確かである。だがそれはあくまで理想論でしかないことをすでに劉弁は知っている。

「それで、父上に阿って毒を盛りながら漢を台無しにした十常侍は誰が罰したの？　それが推挙した連中は？　名家を率いていた袁隗はどうなった？　生まれがどうこう言って伯父上たちに偉そうにしておきながら散々足を引っ張って漢を混乱させた連中は誰が罰したの？」

「勝手に死にましたな」

「つまり、連中は自分で責任を取らなかったってことじゃない？」

「そのとおり」

「駄目じゃん。責任はどうしたのさ」

「そうですね。それがわかっていればよろしゅうございます」

「何が……あぁ、そういうこと？」

自身に儒の教えを説きながら、同僚とも言える儒家に対して一切の弁明をしない様子を見て、劉弁はようやく司馬懿の意図に気付いた。

「つまり、今後理屈も何もなく儒の教えだけを説いて来る奴の言葉は聞く必要がないってことだね？」

「さて、某からはなんとも」

「はいはい」

自分たちが望むのは傀儡ではない。己の足で立つ皇帝である。

故に自分で見て、聞いて、考えて、それから判断せよ。それが李儒と司馬懿が劉弁に求めている所作であった。その気になればいくらでも劉弁を騙し、栄達を極めることができる師弟であるが、彼らはそういった真似は一切しない。ただ劉弁の手を引き、その背を押すだけだ。

「……話を戻そうか」

「劉焉様について、ですかな？」

「うん」

友であり兄弟子である司馬懿の態度になんとも言えない気恥ずかしさを覚えた劉弁は、話を評判云々から元の劉焉に戻すことにした。

「大体、宗室だから手を出せないっていう割には、劉岱とか劉繇は普通に賊扱いしているし、劉表の子供の、えっと劉琦だっけ？　そいつも賊扱いしてるよね？」

「えぇ」

「じゃあ劉焉だって賊扱いできるんじゃないの？」

「そこが面倒なところでして」

「面倒？」

その気になればなんでも出来る司馬懿が『面倒』というほどのことなのだろうか？　首を捻る劉弁に、司馬懿は無表情のまま話を続ける。

「大前提として、流石の師も司徒殿や宗室の方を相手に讒言だけで動くわけにはいきません。加えて劉焉様は、袁紹と共に洛陽に兵を向けた他の方々とは違い、直接陛下に矛を向けているわけでもございません」

「いや、こっちから送った官吏を殺したり道や橋を壊しているんでしょ？」

直接兵を向けたわけではなくとも、この時点で立派な犯罪ではないか。心底不思議そうな表情を浮かべながらそう告げる劉弁に、司馬懿はゆっくりと首を振る。

「やっているのは劉焉様ではなく漢中の張魯なる者でございます。また彼らの行いに対しても一応の名目がございます故、師も手を出し辛いのでしょう」

「名目？」

洛陽や弘農に籠りっきりだった劉弁には、どう考えても『中央に翻意有り』と弾劾されてもおかしくない行動を取っている劉焉を正当化させる名目に見当がつかなかった。

「えぇ。なんでも橋や道を壊したのは『黄巾の賊を益州に入れぬためであり、益州の賊を司隷や荊州に向かわせぬため』であり、官吏を殺したのは『送られて来た者が十常侍の手先で黄巾とも繋がりがあった』からだとか」

「黄巾？　本当なの？」

「さて。賊を入れぬ為に道を塞ぐ行為につきましては、あの混乱の最中では非常の手段の一つとして考えれば有用とも言えます。また十常侍の実質的な長であった張譲が黄巾と繋がっていたことが事実である以上、地方に送られた官吏に十常侍の手が入っていた可能性も、皆無とは言えませぬ」

司馬懿個人としては劉焉の言葉など一切信用していない。

だが同時に十常侍も信用してはいなかった。事実十常侍を率いていた張譲は、王允によって黄巾との繋がりを追及された際に、その罪を認め先帝劉宏に謝罪をしている。

一応それについて許されはしたものの、そもそも『謝罪をして許された』という流れがある以上、張譲が黄巾と繋がっていたのは確かなことなのだ。

そして黄巾と繋がっていた人間が送り込んできた官吏がまともな官吏だったのか？　と聞かれれば、司馬懿にも確たることは言えなくなる。

このような状況では、いくら李儒が太傅として皇帝である劉弁に対して献策やら提案ができる身であったとしても、皇帝の一族である宗室の人間を裁くことは不可能なのだ。

「ん～。確かにそれだけだと劉焉は裁けないのか。……でも李儒ならいつでも朕に上奏は出来るよね？　その上で調査すれば証拠とかいくらでも出そうだけど？」

「逆に言えば、証拠が出なければ讒言となりますな」

「讒言って。あぁ、でも今のところはそうなるのかな？」

「はい。状況証拠としては十分ですが、余人には劉焉様の行動が陛下に対する害意とは見ることはできません。で、あるならば、師が劉焉様の不義を上奏したところでそれは讒言となります。さらに劉焉様とて陛下への不義を理由に死を賜るくらいならば、長安に申し開きに来る前に手元に有る証拠を隠滅するでしょう。そうなれば、あとに残るのは太傅である師と宗室である劉焉様の権力争いとなります」

「権力争い？　いや、まぁそうなのかな？　じゃあ結局李儒が劉焉を裁かないのは、証拠がないからってこと？」

劉弁としては、自分が困ったときに何もしてくれなかった親戚よりも、解毒を施してくれたり教えを授けてくれた李儒を重用したい気持ちがあった。

故に、もしも李儒が明確な根拠を持っている上で劉焉を糾弾するのであれば、証拠など後から捏造してくれてもかまわないとまで思っている。そのため劉弁は、両者が争ったとしても権力争いに発展することはないと考えているのだが、それは絶対権力者である彼だからこそ言える意見だし、そもそも隠れ潜んでいた劉焉の存在を摑んだ今、李儒には急いで劉焉を消す必要がない。

「御意。あとは陛下にお身内を処罰させることで周囲（主に宗室や属尽）の綱紀粛正を図ると同時に、私や徐庶に対する教材として残しているのかと思われます」

「……教材って朕の一族云々の話はどこにいったのかなぁ？」

「さて。陛下のお役に立てて死ねるのですから、彼らも本望なのでは？」

「ま、それもそうか」

司馬懿の態度は確かに皇帝の親戚に対する敬意も何もあったものではないのだが、親戚よりも皇帝その人を重視するのは当然のことと割り切っているならば、皇帝に害意を抱く親戚を軽く見るのは当たり前の考えとも言える。こうして喪明けを前にした皇帝劉弁の脳裏にまた一人、逆臣の名が刻まれることになったのであった。

五

**五月末　司隷弘農郡・弘農宮城**

先帝劉宏の死から三年。長子である劉弁は喪明けと共に弘農の宮城にて文武百官を集め、勅を発することとなった。

それは十常侍によって私とされたものでもなければ、李儒や司馬懿のような側近が代理で語るわけでもない。正真正銘、皇帝劉弁による勅であった。

「丞相、劉協」

「はっ」

最初に名を挙げられたのは、三年間劉弁の代理として、王允や楊彪らに奉じられることで風除けとしての職務を果たした実弟、劉協。

名を呼ばれた劉協は、それが当然であるかのように劉弁の前に跪く。

「これまで朕に代わり漢の運営に尽力したその忠勤に報いたい。何か要望はあるか?」

信賞必罰の法に則り、劉弁が劉協へと褒美を与える。それを劉協が大人しく受けることで、未だに劉弁の即位に不満を持っている名家連中に対する牽制とする。

これが、劉弁が行う皇帝としての最初の仕事であった。

当然劉協もその事は承知しており、彼が劉弁に望むものもまた当人同士の間で話し合い済みであった。

「恐れながら申し上げます」

「うむ」

「もしお許しいただけますならば、某も先帝陛下の喪に服したく存じます」

「……そうか」

劉協からの申し出を耳にした周囲の者達がざわつく中、劉弁は黙って目を閉じる。

劉協の願い。それは喪という名の休息であった。

そもそも彼は生まれてすぐに母親を亡くしていた上に、九歳で父親までも亡くしている。その後、兄である劉弁が解毒と周囲の評価を慮って喪に服すこととなったが故に、一〇歳にも満たぬ身でありながら劉弁の代理として表舞台に立っていた苦労人だ。

その幼さ故に己から何かを行うことは無かったが、丞相としての職務の最中に王允や楊彪を始めとした先帝の実子である自分を利用しようとする連中から受けていた粘りつくような視線は面白いものではなかったし、持ち前の聡明さが災いして、彼らから上奏されてくる書簡に込められた重要性をそれなりに把握できていたが故に、表面上はただ判を押す作業だけであっても、その身心には多大な重圧を感じていたのである。

いい加減休みたい。そして亡き父母の喪に服したい。

疲れ切った劉協がそれを望むことは当然のことと言えた。

当然、自身が不甲斐無いせいで幼い弟に苦労を掛けたことを承知している劉弁は、喪中に劉協から言われたこの要望に二つ返事で頷いた。

劉弁が表に出ると同時に劉協が喪に服す。宗家を継いだ者としてこれを許可することによって劉家の当主が誰であるかを内外に示せると共に、弟を政治的に守ることもできるのだから、劉弁に反対する理由はない。

だが漢に弓を引いた袁紹や、彼に味方した諸侯。その諸侯を懐柔するために勝手な動きをしている長安の連中や、彼らの裏に潜みながら己の野望を果たさんとする宗室の連中を相手にする予定の劉弁陣営は人材不足が懸念されている現在、皇帝の実弟という大駒を温存できるだけの余裕があるわけでもない。

「良かろう。ただし期間は最長で三年とする。その後は丞相として再度働いてもらうぞ」

「はっ」

そこで劉弁は、期限を切ることにした。これによって劉協に休息を与えると共に、彼を政敵として処分したわけではないと周囲に周知させたのだ。

愚鈍の噂があった劉弁が劉協に細やかな配慮をしつつ、皇帝としての振る舞いを見せたことで、彼を詳しく知らぬ者は一瞬「アレはどこぞの腹黒が用意した影武者ではないのか？」とその存在自体を疑うも、気性が激しいことで知られる何太后が涙ながらにその様子を見守っていたり、聡明で知られる劉協も何も言わずに劉弁を立てようとしている様子から、その可能性は低いと認識することとなった（皆無とは言い切れないところが漢の怖いところでもある）。

この印象操作には当然どこぞの腹黒が関わっている。

そもそも劉弁が、毒のせいとはいえ一時期まともとはいえない状況であったのは事実ではある。

だが、その彼は普段後宮におり、本人を見たことがある者は極めて少ない。

そう、劉弁が愚鈍だ。というのはあくまで『噂』なのだ。

そしてこの時代の名家の人間が評判や噂を広めることは本能と言っても良い。

また、当時の劉弁（正確にはその後ろ盾である何進）には敵が多かった。まして後宮に入ることを許されていた宦官と敵対していたのだから、彼らが劉弁の悪評を流そうとするのも当然と言えなくもないし、実際に劉弁を知っていた者の大半が死んでおり、この数年間、新たな悪評が流れなかったことも無関係ではない。

そういった諸々の事情を踏まえて考えたとき、士大夫層を名乗る知識人たちの中にも『劉弁の悪評は何進の甥である劉弁を即位させたくない者たちが、徹底して悪評を流していた可能性があるのではないか？』と考える者が出てくるのは当然のことと言えよう。

どこぞの腹黒一派にしてみれば『十常侍や濁流派が流した噂を信じてどうする』と言ったところだろうか。

兎にも角にもこの場に参列した者たちにとって重要なのは、劉弁の過去の評判ではなく、彼が三年かけて先帝の喪に服した孝行者であることや、しっかりとした自我を持った少年だということだ。

「丞相については以上だ。次いで余の者どもに命ずる。確と傾聴せよ」

これから新帝の勅命が発せられることを理解した文武百官は、一斉に跪き、頭を垂れた。

そんな彼らの様子をみて満足気に頷いた劉弁は告げる。

「大将軍たる董卓は郿にて羌や胡を警戒させる。代理人の二人はこの旨を確と董卓に申し伝えよ」

「「勅、確かに承りました」」

この場にあって董卓の代理人として参列していた李傕と郭汜が声を挙げた。

漢にとって最大最強の敵は袁紹ではなく漢の北方に展開する騎馬民族である。よって劉弁が旗下の最大戦力である董卓を彼らに当てると宣言したことに異を唱える者はいない。

「右車騎将軍であった朱儁を驃騎(ひょうき)将軍として関東の戦に当たらせる。また左車騎将軍であった皇甫嵩を衛将軍とし、長安の守備に当てることとする。異論は有るか」

「「ございません！」」

黄巾の乱で功績を挙げた両将軍を重用するのも当然のことと言えるし、漢に忠誠を誓う皇甫嵩や朱儁にしても与えられた役職や職務に不満はないため、異論を唱えることなく承諾する。ここまでは当人や代理人が居るので問題はない。問題はこれからだ。

「次いで、司徒王允を車騎将軍とし、兵を率いて并州へ向かってもらう。并州を鎮めた後は冀州牧劉虞と共に袁紹を滅ぼすべし。袁紹討伐後は黒山賊を名乗る賊どもを誅殺させる。異論の有る者はいるか？」

「「「…………」」」

司徒である王允に兵権を与え、逆賊を討たせる。

これは以前涼州で発生した辺章・韓遂の乱に於いて司空である張温が車騎将軍に任じられて涼州へと派遣された前例があるため、それほど突飛な方策ではない。

問題とするならば、最初の勅命は長安にて行われるのが当然と考え、長安で様々な下準備をしている王允が、この場に参列していないことくらいだろうか。

当人にしてみたら完全に顔に泥を塗られた形であるが、その泥を塗ったのが皇帝である劉弁となれば王允を庇う者は居ない。むしろ大した功績も無いくせに長安で偉そうにふんぞり返っていた王允には良い薬だとさえ思っているのが大半であった。

異論を唱える者がいないことを確認した劉弁はさらに告げる。

「袁術には朱儁の指揮の下、兗州に蔓延る逆賊劉岱と揚州に蔓延る逆賊劉繇の討伐をするよう命じる。逆賊劉岱に代わる兗州牧は金尚とし、逆賊劉繇の後任は袁術とする。尚、これ以上恩赦の幅を広げることは許可しない。これについての異論は認めぬ」

「「「……」」」

宗室の一員である劉岱と劉繇を賊と認定しつつ、袁術の恩赦を認める。それと同時にこれまで司空楊彪が行ってきた恩赦に釘を刺す。これが劉弁にとって最大の譲歩であることを認識した名家の者たちは、内心でもう少し恩赦の幅を広げたいと思いつつも口に出すことはなかった。

「南郡都督孫堅を征南将軍とし、今も荊州江夏郡に居座る逆賊劉琦の討伐を命じる。討伐後、余裕があるなら袁術と共に逆賊劉繇らを討つことを命じる。その後は孫堅を荊州牧とする」

元が一軍の将に過ぎない孫堅が州牧となる。周囲の人間も思わず目を見張る大抜擢であるが、元々孫堅には黄巾や韓遂・辺章と言った賊を討伐した実績がある上、いまだ治安が安定していない荊州への赴任を望む者も居なかったので、異論は出なかった。

……もしこの場に常々「南郡都督だけでも面倒だ」と言っている孫堅本人がいたならば、この勅に絶句して「勘弁して下さい！」と恥も外聞もなく頭を下げていたのだろう。だが、幸か不幸かこの場に彼や彼の代理人となりそうな者はおらず、この人事も確定したものとなってしまう。

「徐州牧陶謙は徐州付近で天子を名乗る愚か者を滅ぼした後、公孫瓚と共に青州の賊を滅ぼさせることとする」

　徐州下邳郡にて天子を名乗り、陶謙と共に周囲で略奪を働く賊、闕宣。

　巷では陶謙自身が支援しているという噂も流れているが、劉弁は敢えて陶謙にこれを討たせることで、陶謙の忠誠を試そうとしていた。上手くいけばそれでよし、闕宣を庇ったり何らかの失敗が有ればそれを咎めるつもりである。

「また、賊の討伐もできぬどころか、その無策と苛政で以て大量の賊と流民を生み出した罪を以て、現青州牧の孔融を罷免する。その後任は益州牧劉焉とする」

「なんですとっ!?」

　これまで無言で劉弁の勅を聞いていた者の中から声が挙がった。

「何か？」

　上段に座る劉弁が声の主に向けて鋭い視線を向ければ、視線の先に居た者は表情を真っ青に染めてその体を震わせる。

　なにせ現在劉弁が述べているのは、彼が皇帝として初めて発する勅命なのだ。

それに反発するという事は、新帝の顔に泥を塗るに等しい行為である。

その結果何が齎されるか？　そんなことは考えるまでもない。劉弁からの視線だけでなく、周囲の者達から向けられる視線を感じながら、男は思わず声を挙げてしまった自分の迂闊さを悔いていた。そんな男の後悔は、半分は正しい。

基本的に李儒や司馬懿に自身の考えを否定されることに慣れている劉弁にしてみれば、自分たちが考えるよりも良い意見があるのならば異論はあっても良いと考えている。むしろ何か問題が発生する前にその可能性を指摘してもらえるならば反対意見の方こそ望むところである。しかし、今回はタイミングが悪かった。

彼には孔子の末裔を謳いながら民に苛政を強いつつ、我が物顔で『徳とはなんたるか』を語る孔融という愚物を庇う者に容赦をする気もなければ、劉焉を追い詰める為の方策を邪魔しようとする者に情けを掛けるつもりもない。

よって名も知らぬ文官が「孔子の子孫で徳のある人物だから～」などと抜かすようなら「ならばその徳とやらを感じて来るがいい」と、男の持つ権限の全てを剝奪して青州に送り込むつもりであったし、劉焉を庇うようならそのまま適当な理由を付けて牢獄へと送り込むつもりだった。

「……失礼致しました」

しかして男から出たのは、孔融を庇う言葉でもなければ劉焉を庇う言葉でもなかった。

彼は青い表情を浮かべながらただひたすらに謝罪をする。

「……そうか。何か朕に伝えたいことがあるならば遠慮なく申せ。ただし朝議の場で、な」

「はっ！」

流石に声を挙げただけの者を罰する気はない（もちろん罰することも不可能ではないが）劉弁は、この場は流すことにした。……まぁこの朝議が終わった後で彼がどうなるかは推して知るべしと言ったところだろう。

気を取り直した劉弁はさらに続ける。

「劉焉の後任となる益州牧はまだ定めぬ。だが、議郎の龐羲を巴郡太守とし、益州刺史と同様の権限を与えることとする」

「はっ！」

この場にいない劉焉ではなく、実質的な後任となった龐羲が承諾の声を挙げる。

もしも劉焉に何かしらの思惑が有ればこの人事を受けることはないだろう。そしてもし劉焉がこの大勢の前で発した勅命に逆らうというならば彼を逆賊と認定することが可能となる。逆賊となった劉焉を討つのは、彼を諸悪の根源と認定したどこぞの腹黒だ。

色んな意味で終わった劉焉に対する興味を失った劉弁は、この日最後となる勅命を下す。

「重ねて、今まで朕と同じ劉氏であることを良いことに、様々な特権を貪ってきた属尽たちの特権を剝奪する。朕に従う諸侯は、今後一切属尽に対する特権を認める必要はない。税を取ることも、罪を問うことも、賦役に使うことも朕が許可する。というか、連中を働かせろ」

宗室に関しては未だに手を出しかねるが、属尽であればそう難しい話ではない。なにせ、劉氏というだけで様々な特権を貪る彼らを面白く思っていない者たちは多いのだから。

劉弁にしても、一番大変なときに自分たちを助けに来ないで権利を貪り、あまつさえ劉氏の名を貶めている連中の存在など面白い筈がない。

大体皇族の長老である劉虞や、幼い劉協でさえ仕事をしているというのに、遠い親族でしかない連中が働かずに各種恩恵を得るとは何事か。

「「「……」」」

隠しきれないイライラを滲ませた上で発せられたこの日最後の勅命に異議を唱える者は居なかった。

## 初平改め興平元年（西暦一九二年）六月

新帝劉弁の喪明け初日に弘農から発せられた異例の勅命は、様々な者達に衝撃を与えながら確実に漢全土に浸透していった。

その勅命を耳にしたある者は「よし！　とりあえず現状維持だ！」と部下と共に快哉を挙げ。

またある者は「州牧かよ……」と確定した面倒事に頭を抱えながら隣で「凄い凄い」と騒ぐ息子をどうやって黙らせるかを考え。

そしてまたある者は「は？　劉岱はともかく私は？」と不自然なまでに自分の名前が挙がらなかったことに恐怖を感じ。

さらにまたある者は「天子さんは俺らに死ねって言ってるのかよぉ！」と声を挙げたものの、仲間に「いや、働けって言われただけだろ」と突っ込まれたりしていたという。

そして洛陽に代わって都となったはずの長安でも……

「おのれぇ佞臣どもがッ！　幼く愚鈍な帝を操るだけでは飽き足らず、帝の守護者たるこの儂を除いて自身が栄達を図らんとするかぁ！　許さん。許さんぞッ！」

三公たる自分を抜かした状態での勅や様々な人事の発令という、皇帝劉弁が取った慣例やらなにやらを完全に無視した行動によってこれでもかというほどに面目を潰された一人の老人が、聞く者の魂を震わせるが如き怨嗟の声を挙げていた。

――黄巾の乱から始まったとされる動乱は未だ収束の気配を見せることなく、漢の大地を覆っている。その先を見据えているのは、極々少数の者たちだけであった。

# 四四　各陣営の反応

## 一　袁紹陣営の場合

**初平改め興平元年（西暦一九二年）七月　冀州魏郡・鄴県**

前任の刺史であった韓馥が不慮の事故で死亡したため、なし崩し的に鄴の支配者となっていた袁紹の下に新帝が発した勅が届けられた。

「なん……だと？」

本来であれば頭を下げて勅を拝命しなければならない立場である袁紹だが、現時点で滅ぼすべき逆賊と認定されている袁紹の下に勅使が訪れることはなく、あくまで又聞きのような形で勅の内容を知ることになったのは彼にとって幸運なことだったのかもしれない。

何故か？　伝えられたその内容が、袁紹にとって都合が悪すぎるものだったからだ。

「王允を車騎将軍とし、劉虞と共に攻めてこの私を滅ぼす？　袁術めは朱儁の配下として揚州に攻め入り、その後は州刺史になるのが確約されているというのに？　なんだこの扱いの差は！　袁家の当主はこの私だぞ！　一体どういうことだ!?」

反董卓連合の盟主を名乗った際、袁紹は車騎将軍を自称していたのだがそれは飽くまで自称であった。もちろんそれがそのまま認められるかもしれないと思っていたわけではないだろうが、それでも今回の勅によって一方的に『お前は車騎将軍ではない』と否定されてしまったのだ。

顔に泥を塗られる形となった袁紹が怒りをあらわにするのも無理はないだろう。加えて、新たな車騎将軍となった王允に対して自分を討伐するよう勅が下ったことも問題だ。

向こうからすれば『勝手に車騎将軍を自称している袁紹を、正式に車騎将軍に任じられた王允が討つ』というだけの話かもしれないが、ここまで明確に討伐対象として扱われてしまえば袁紹の自尊心はズタズタである。

その上さらに、従兄弟である袁術が正式に恩赦を受けた形となっているのも見逃せない。

袁紹にとって袁術とは同じ袁家の家督を争う仲とはいえ、一時は反董卓連合に参加した人物である。しかもその際に袁術には副盟主という立場まで与えていたのだ。

それなのに、一方は討伐対象として名指しされ、もう一方が州刺史になるのはおかしいではないか。

「間違いない。これは袁術の陰謀だ！　あの男が縁者である楊彪を使って自分を貶めようとしているのだ！　陛下には袁術に騙されてはいかんと忠言せねばなるまい！」

　袁術は袁家を継ぎたい。だが、そのためには自分が邪魔になる。だから讒言で以て自分を貶めようとした。その結果が今回の勅に繋がったのだ。だから自分は悪くない。悪いのは幼い皇帝を誑かした袁術とその一味であって、自分ではない。

「真実を伝えれば陛下は気付いて下さるはずだ！」

「然り！」

「真実は袁紹様の頭上に在り！」

「袁術如きの詐術に惑わされるはずがない！」

　袁紹や袁紹を擁護する人間たちの中で今回の一件はそう結論付けられた。

　そう結論付けるしかなかった。

　しかしながら、袁紹の意見に賛同しない者もいるわけで。

「いや、そもそも宮中に兵を入れたのは袁紹殿じゃろうに」

「ついでに言えばそこで陛下の伯父である何進大将軍らを討ち取ったのも袁紹殿ですな」

「そこから逃げたところを保護した董卓将軍を一方的に逆賊扱いして連合を組んだのは……切っ掛けは橋瑁（きょうぼう）じゃが、その橋瑁を利用して盟主になったのは袁紹殿じゃぞ」

「洛陽を焼いたのも……あれはまぁ事故のようなものですが、盟主である以上責任はありますな」

「うむ」

冀州を代表する知恵者である田豊と沮授からすれば、袁紹の行ったことはどれか一つとっても逆賊として認定されて然るべき案件である。もちろん歴史は勝者が作るものなので、何進を討ち取った際に皇帝兄弟を手中に収めることができていたらこんなことにはなっていなかっただろう。反董卓連合で董卓を討ち破っていたら話は違っていたかもしれない。

それは理解しているが、同時にそれらは最早過ぎたことだということも理解している。

今後袁紹に活路があるとすれば、平身低頭謝罪し続けてなんとか恩赦を貰うか、もしくは自身を討伐しにくるであろう王允を討ち果たし、その後は南皮を拠点としている劉虞を捕らえて朝廷との交渉材料にするくらいだろうか。

「王允程度であれば勝ち目もあろう。勝ち目はな。だが劉虞様は……」

「公孫瓚が支援している上、そもそもが皇族ですからな……」

田豊らからすれば、逆賊の名を負っている袁紹に与していることで間接的に逆賊となっている現状でさえ父祖に申し訳が立たないと考えている状況である。そのため、なんとかして逆賊の名を返上したいと考えていた。

劉虞と完全に敵対してしまえば、今でさえすでに逆賊として確固たる地位を築いている袁紹のみならず、袁紹に従っている人間全てが逆賊扱いされてしまうことは確実である。

「なんとかせんといかんのぉ」

「ええ」

当然田豊も沮授も現状が相当危険なことは理解している。

同時に、まだ決定的なものではないとも考えていた。

何故なら、宮中に乱入して何進を討ち取った袁紹はまだしも、当時から冀州にいたため袁紹の暴走に関わっていない田豊や沮授には『反董卓連合に参加した』ということ以外の瑕疵(かし)がないからだ。

しかも当時冀州を治めていたのは、反董卓連合が発足する前から逆賊と認定されていた袁紹ではなく、正式に刺史として任じられていた韓馥である。

そのため田豊や沮授の立場であれば「当時は正規の刺史である韓馥の命令に従っただけ」と釈明できるわけだ。元々逆賊として名指しされていた袁術が許されたことから見ても、十分以上に交渉の余地はあるように思える。

しかしこの期に及んで袁紹に従い、正式な車騎将軍である王允や皇族である劉虞とことを構えてしまえば、名実ともに逆賊認定待ったなしである。

「如何なさいますか?」

「さて、どうしたものかのぉ」

王允は勝てない相手ではないが勝ってはいけない相手であり、劉虞は勝つのも難しければそもそも敵対して良い相手ではない。

「正直に伝えますか?」

「一番の悪手じゃな」

「……やはりそう思いますか」

もし今の袁紹に対して赦されたいのであれば王允や劉虞と敵対してはならないと伝えようものならば、精神的に余裕がない袁紹は自分たちを裏切り者として処分しようとするだろう。逆賊である袁紹に討たれたと言うのであれば家の名誉は保たれるかもしれないが、問題はその後だ。袁紹は余計な怨恨を残さぬため、間違いなく田豊や沮授の家族や親類まで殺害するだろう。

家は家として保たれていてこそ意味がある。

如何に名を残そうと、一族郎党が滅んでは意味がないのだ。

しかもその要因が『逆賊に真実を伝えたために憂さ晴らしで滅ぼされた』となれば、一体誰が得をするというのか。

「戦っても駄目。諫めても駄目。困りましたな」

「うむ。今の儂らにできることと言えば、王允が并州で足踏みするよう小細工を弄する程度、かのぉ」

「張楊と匈奴の於夫羅（おふら）でしたか？　官軍だけならまだしも、騎馬民族との戦に慣れている并州勢を率いてくるであろう王允をどうにかできるとは思えませんが……」

「最終的には敗れるじゃろうよ。じゃが逃げる連中を全滅させることは簡単ではないと思わんか？」

「それは、確かに」

もし并州勢を率いているのが董卓であれば、張楊も於夫羅も鎧袖一触で蹴散らされるだろう。というか戦う前から降伏する可能性さえある。

今の董卓が持つ名には、戦わずに降ってもなんら恥ではないという重みがあるからだ。

だが相手が王允であれば、話は違う。

騎馬民族の誇りが、名も知らぬ老人に対して戦わずして敗北を認めることを許さない。

そして一度戦ってしまえば、王允も中途半端で済ませるわけにはいかなくなる。

敵を放置すれば、袁紹との戦の最中に後背を突かれることになるのだから。

そういった事情から、王允を并州に留めることは決して不可能ではないと考えていた。

また王允に下された勅の内容も重要だ。勅は『并州を鎮めた後に袁紹と黒山賊を討て』というものなので、并州が鎮まっていなければ王允が冀州にくることはないし、王允が動かなければ劉虞も無理をして動くことはないと思われる。

時間稼ぎとしては最良の策ではなかろうか。

またこの策を実行した場合、弘農から出た勅に逆らっているのは飽くまで匈奴や并州の人間であって、冀州の人間ではないというのも大きい。

「直接手を出さねばなんとかなる、と思いたいのぉ」

「希望的観測に縋るのは良いことではありません。ですが今は兎にも角にも時間を稼ぐことが肝要かと」

「そうじゃな」

田豊や沮授にとって一番悪いのがこの場で袁紹に殺されることならば、次に悪いのは逆賊として討伐されることである。故に彼らは袁紹の命乞いが通用するかどうかを考えることとは別に、自分たちが生き延びるための手を打つ必要があるのだ。

そのために必要なのは、何を措いてもまず時間である。

時間が無ければ使者を立てることさえできないし、誰に使者を立てれば良いのかすら調べることができないのだから。

「さて、誰に使者を立てるべきか。やはり故郷に錦を飾ることを認められた司徒の王允か？　はたまた長安に残って権勢を維持している司空の楊彪か」

「董卓や太傅はどうでしょう？」

「ふむ。その二人か」

軍権を預かる董卓の許しを得ることができればほとんどの問題は解決するし、新帝の信任が厚いと噂される太傅を説得できれば逆賊の認定を解除してもらうことも不可能ではないかもしれない。特に太傅は弘農の名士なので、冀州の名士である自分たちの立場にも一定の理解を示してくれる可能性は高い。

また、太傅自身が若輩と言っても良い年齢であるため、交渉することができれば口八丁で誤魔化す……説得することも不可能ではないと思われる。その際求められるのは財貨か袁紹の首だろうが、どちらにせよ完全な没交渉にはならないだろう。

そこまでは田豊も理解できる。だが現実的な問題としてそれが可能かどうかと言えば、さしもの田豊であっても難しいと言わざるを得ない。

「さすがに連合を組まれた董卓が儂らを許すとは思えん」

「では太傅は？」

「太傅であれば交渉の余地はあるやもしれんな。じゃが……」

「何か問題でも？」

「未だ若い上に王允と仲が悪いと聞いておる。太傅が認めたことを王允が不服とする可能性は高いのではないか？」

「あぁ。それは確かにありますな」

若いということは、こちらにとっても説得しやすいということであるが、同時に王允にとっても命令を撥（は）ね除け易いということでもある。喪中に長安を任されるだけの信用を得ている上に王佐の才の持ち主として名が知られる司徒・王允か、それとも未だ若造の太傅か。

両者から相反する提案をされたとき、若い皇帝はどちらの言を採用するだろうか？

田豊らの価値観では、迷うことなく前者に軍配が上がる。

太傅も大将軍も頼れないとなれば、必然的に残るのは二つしかない。

即ち王允か、楊彪か。

「我らを討伐する任を受けた王允の足止めをしつつ、これまで幾度もの恩赦を勝ち取った実績を持つ楊彪に使者を立てる。まずはこれしかあるまい」

「では袁紹殿には？」

「幷州での戦について進言しよう。彼らとて時間を稼ぐ必要性は理解しておるじゃろうからな」

「ですな」

こうして冀州が誇る知恵者の二人は、袁術の縁者であるものの、これまで恩赦を得た実績がある楊彪を頼ることとしたのであった。

この決断が彼らにどのような未来を齎すことになるのか。

それを知る者はまだいない。

## 二　曹操陣営の場合

**七月上旬　兗州東郡・濮陽（ぼくよう）**

弘農にて諸侯を驚愕させた勅が発令されてから数日後のこと。

袁紹同様勅使は訪れなかったものの、勅の内容は司隷に隣接している兗州は東郡の太守となった曹操の下にも届けられていた。

「なるほど」

勅が発せられたこと自体は問題ない。それが長安や洛陽ではなく弘農から発せられたということについても、顔に泥を塗られた形となる長安の連中が焦るなり怒るなりしているだろうことも、今の曹操にとっては関係がないし、そもそも気にしてもしょうがないと割り切っている。故に、現在曹操が気にしなければならないのはただ一点。

「で、私に対する言及はなし、と」

「そのようですな」

そう。曹操が気にしているのは勅の内容に自分の名が一切含まれていなかったことだ。

この意図を探ることが彼らにとっての最優先事項なのである。

「……これをどう思う？」

「良いように考えれば、敢えて名を出さぬことで諸侯が曹孟徳へ意識を向けないようにしているとも取れますな」

「悪いように捉えれば？」

「金尚殿と申されましたか？　新たな刺史によって一切合切蹴散らすので、敢えて名を告げなかったとも取れます」

「ふむ」

どちらもありそうで怖いというのが曹操の偽らざる気持ちである。

特に気になるのが、劉岱に代わって刺史となる金尚、ではなく、その金尚を支えるよう命を受けた袁術の存在だ。曹操が知る情報では袁術が恩赦を受ける条件は袁紹の首を獲ることであった。しかし今回の勅を見れば、袁術はすでに恩赦を受けているようにも見て取れる。

それはすなわち、袁術に出されていた恩赦の条件が変化しているということだ。

（内容は袁紹の首から劉岱の首に変わったことくらいだが）

自称袁家の当主である袁紹と、紛れもなく宗室の人間である劉岱。

どちらも逆賊であることに違いはないが、どちらの首が重いのかは首を受け取る人間が持つ価値観次第だろう。曹操からすれば袁術は袁紹の首に重きを置くと思うのだが、重要なのは袁術の気分ではなく皇帝の意思である。もっと言えばどちらにせよ曹操の名がないことに違いはない。そこから導き出される、最も曹操に都合の良い解釈となれば。

「ようやく東郡の太守になった程度の小物は眼中にない、とはならんかな？」

これだ。実際逆賊として名指しされているのは刺史や郡の太守までであり、その部下や県令はもちろんのこと、当時県令でさえなかった人間は名指しされていない。

つまり根無し草だった曹操も逆賊として名指しはされていないのだ。

曹操としてはそこに希望を見出したいところであったが、如何せん現実は非情である。

「難しいところですな。そもそも殿は先帝陛下の覚えも目出度き大宦官曹騰様の孫にして、一億銭もの大金を支払って太尉となった曹嵩様の子にして、畏れ多くも先帝陛下より西園八校尉に任ぜられた上、先帝陛下亡き後には大鴻臚として九卿が一席を預かっていた御方にして、先だって結成された反董卓連合の副盟主であらせられます故」

「……無視するには大きすぎる、か」

改めてその経歴を列挙されれば、今の東郡太守という待遇が嘘と思えるほどに華々しい経歴である。

「御意」

陳宮の意見は何一つ間違っていない。

加えて言えば、曹操は反董卓連合の盟主であった袁紹が親友として遇していたことも知られているし、宦官閥を支配していた十常侍亡き今となっては、地方に散らばった宦官閥の纏め役となれる存在が曹操しかいないという事実もある。

反董卓連合に参加した面々から見ても、長安側から見ても絶対に無視できない存在だと言えよう。

「そうであるにも拘わらず、陛下は殿の名を挙げませんでした」

「うむ」

主従にとって最大の問題はここにある。

「また、陛下は新たな恩赦を認めないと宣言いたしました」

「私は恩赦の対象に含まれない。もしくは最初から恩赦の対象に含まれているので名を挙げなかった。最良はそもそも逆賊とされていない」

恩赦の対象に含まないのであれば、そのまま擂り潰すという意思表示。

恩赦の対象に含まれているというのであれば、そのことを公表しないことが曹操を護ることとなる。なにせ現在周辺の諸侯は何としても恩赦を得ようと必死で宮廷工作を行っている最中なのだ。ここで『実は自分だけが赦されているんだ』などと告白しようものなら、周囲全てが敵に回るだろう。

それを防ぐために敢えて名を伏せていると言われれば、自分の名が出ていないことにも納得はできる。というか、そちらの方向で納得したい。

しかしその推測を信じるに足る根拠がないのが問題だ。

「某としても三つ目であって欲しいと願っております。……ちなみに殿は大将軍閣下や太傅様とはどのようなお話をなされたのですか？」

曹操にとっての生命線はここにある。

そもそも陳宮が県令時代に捕らえられた曹操を逃がしたのは、当時から洛陽で権勢を誇っていた荀攸が河南尹の県令らに対し『曹操を見つけても逃がすように』と触れを出していたからである。

そのことを知っている名士などは今も『荀攸殿があのような触れを出したのは董卓への反逆心があったからだ』と捉えているし、当時は陳宮もそう考えていた。

だが、曹操から董卓との間で行われた会話の内容を聞いた今の陳宮はそのような勘違いをしていない。董卓らにとって曹操は、袁紹側に仕込んだ埋伏の毒だということを理解しているのだ。故に荀彧（じゅんいく）は曹操を生かすためのお触れを出したし、董卓が忠臣面した名家たちから「荀攸は過去に曹操を逃がすようなお触れを出していた」という密告を受けても、荀攸を問い詰めたりしていないことにも納得している。

主従共にもう少し情報を渡してほしいとは願っているものの、謀は密なるを以て良しとするものだということも理解しているのでそこに文句をつけるつもりもない。

ただ、狡兎死して走狗（そうく）煮らるの言葉通り、このままでは自分たちこそが煮られる狗となりかねないのが怖いのだ。

「……太傅殿とは確かにそれほど話はしていないが、董卓殿とはそれなりに分かり合った仲だぞ。具体的には『面倒を掛けるが策の為に逃げてくれ』と頼まれる程度には、な」

「その割には反董卓連合の際に執拗に狙われていたような気がいたしますが？」

曹操が抱える事実を伝えるも陳宮の反応は鈍かった。

それはそうだろう。なにせ反董卓連合に参加した際など、董卓陣営の諸将は執拗に曹操の身柄を捕らえようとしていたという事実があるのだから。

董卓陣営が如何に曹操の身柄を確保するよう望んでいたのかは、河内にて袁紹ら陣営にいた曹洪（そうこう）が曹の旗を掲げた瞬間に、それまでは積極的な攻勢に出てこなかった華雄らが一気に襲い掛かってきたことからもわかる。あのときの勢いは、誰がどう見ても董卓が曹操を不倶戴天の敵とみなしていると確信できる程に苛烈だったと今も語り継がれるほどに容赦がなかった。華雄だけではない。

徐栄などからも執拗に狙われたのは記憶に新しいところである。

「まぁ、自分でもそう思わなくもないがな。しかし陳宮とて理解しているだろう？　あれだけの勢いがありながら、彼らには私を殺すつもりがなかったことを」

確かに執拗に攻撃を受けたが、同時に彼らは『曹操を捕らえろ』と叫んでいたのもまた事実であった。戦場に於いては殺すことよりも捕縛することの方が難しいのは常識だ。下手に捕らえようとして戦に負けたという事例にも枚挙に暇（いとま）がない。

歴戦の董卓軍がその程度のことを理解していないはずがないのだ。故に、あの場で『殺せ』ではなく『捕らえろ』と命じていたことに何かしらの意味があるのでは？　と曹操は思うのだが、陳宮はまた違った考えを持っていた。

「それは私もそう思いましたが……死なぬ方が辛いということは往々にありますぞ？」

「……うむ」

逆賊を生きて捕らえたのであれば、見せしめのための拷問や尋問はもちろんやるだろう。

首を晒すにしても、ただ死体から首を切り取るよりも、生きている人間を処刑する方が周囲に与える影響が強いのも事実だ。また陳宮には一つ大きな懸念があった。

「大将軍閣下は殿に隔意（かくい）を抱いていないやもしれませぬ。しかし陛下やその周囲にいる者はどうなのでしょうか？」

「……どう、とは？」

「もし董卓閣下から、殿が埋伏の毒であることを明かされたとしましょう。確かに危険な役割ではあります。一定の理解は得られるでしょう。ですが、その反面、殿は袁紹率いる反董卓連合が勝てば連合側の副盟主として利を得ることができるし、董卓閣下率いる軍勢が勝てば董卓閣下の駒としての利を得ることができる。つまりどちらが勝っても損をしない。そのことを恨めしく思う者がいないとは思えませせぬ」

「むぅ」

反董卓連合が勝とうが董卓が勝とうが、どちらに転んでも曹操にとっては悪くない結果となるわけだ。それだけを聞けば確かに面白くないと思う人間はいるだろう。

その中でも特に面白くないと感じるのは、立場上董卓に全賭けすることを余儀なくされていた王允らのような人間だろうか。それとも必死で恩赦を勝ち取った楊彪や袁術だろうか。

曹操とてそれらの気持ちは理解できる。もし自分以外の人間が同じことをしていたら、憎しみを覚えるかどうかは微妙だが、羨ましく思うだろう。しかしながら、それらは飽くまで曹操が働いて得た正当な報酬である。

しかも董卓は最初からそれらを織り込んだ上で、自分に埋伏の毒となるよう依頼をしてきたのだ。それなのに必死に働いた結果が『お前さんが上手くやったことに不満を覚えている連中が邪魔をしている』と言われたところで、自分にどうしろと言うのか。

「……言いたいことは多々ある。だがその可能性を否定することもできんな」

「はっ」

「ならばどうする？」

「人員を派遣するべきかと」

どれだけ考えようとも董卓陣営の人間がここにいない以上、それは可能性の域を出ない。

故に確認するしかない。それは理解できる。

「誰を送る？　私は表向き逆賊なのだが？」

「ははっ。面白いことをおっしゃいますな。殿とて既に人選はお済みでしょう？」

「彼しかおらん、か」

送り込んだ人間が問答無用で殺されては意味がない。

かといって殺されない程度の価値しかない人間が赴いたところで得られる情報などたかが知れている。であればこそ曹操は、簡単に殺されない上に向こうから一定の情報を引き出せる人間を派遣しなくてはならない。

そんな都合の良い人間がいるはずがない。

と言いたいところだが、今の曹操陣営にはそれに該当する人物が一人だけいる。

それは洛陽から逃げ出した際に手配書が出回った曹操本人でもなければ、その曹操を逃がしたとして罪に問われている陳宮ではない。

もちろん武官として曹操を支える夏侯(かこう)兄弟でもなければ、曹仁(そうじん)や曹洪と言った一門でもなければ隠居した曹嵩でもない。

それは何進の時代から洛陽で大将軍府を支えた人物にして、一族の人間が袁紹の下に仕官していることを知られながらも権力中枢に席を残すほどの実力を持つ人物……の血縁者にして、本人もそれなりに名が売れているはずなのにいまだに仕官先がはっきりしていないという、漢に名高き名家の跡継ぎとなった男。

その名は荀彧。

若き日より王佐の才を持つと評されてきた男に白羽の矢が立てられようとしていた。

三　劉備陣営の場合

**七月下旬　幽州広陽郡・薊県**

「天子さんは俺らに死ねって言ってるのかよぉ！」

新帝劉弁が発した勅を聞いて袁紹が冀州にて叫び声を上げていた頃のこと、ここ幽州の地で似たような叫び声を上げた男がいた。

それは七尺を超える体躯と長い腕、そして大きな耳が特徴の男であった。

そう、言わずと知れた劉備玄徳その人である。

ただし激昂しているのは劉備のみであり、一緒に卓を囲んでいた面々は一層冷ややかとしか言いようのない視線を向けているのだが。

劉備に忠義を誓った三人がそんな目を向ける理由はただ一つ。

此度発令された勅命に対する受け取り方が正反対であったからだ。

「いや、別にそんなこと言ってねぇと思うんだが、どうなんだ？　兄貴」

「そうだな。天子様はあくまで属尽が持つ特権を廃しただけだ。これに関しては劉氏の家長である天子様が決めたことなので、勅云々以前に我らに口を出す資格はない」

「そんな難しく考えなくてもいいじゃねぇか。要は働けって話だろ？　働け働け」

「そういうことじゃねぇんだよ！」

属尽に与えられていた各種既得権益に染まっていた側の人間である劉備からすれば、その剝奪は決して許せないことだ。しかしながら、その既得権益に与った経験がない張飛や関羽や簡雍からすれば、新帝が告げた『奴らも働かせろ』という内容は当たり前の話でしかないのだ。

「つってもな。実際兄貴のお袋さんだって働いていたじゃねぇか」

「だな。叔父上殿もしっかりと務めを果たされていたぞ」

「つーかアンタ以外はみんな働いていただろうが。おかしいのはアンタの方だぞ」

「うぐっ！」

その上で敬愛する母や尊敬する叔父を出された挙句、幼馴染である簡雍にも当時からまともに働かずに酒や闘犬に精を出していたことを指摘された劉備に返す言葉はない。

総じて「極々当たり前のことを当たり前にすればいい」というのが彼らの意見なのだから、劉備が不利なのは当然である。

「それにな、兄者よ」

「……なんだってんだ？」

「天子様が剝奪したのは各地に散らばっている劉氏が持つ特権だけであって、他のものまで剝奪したわけではないぞ」

「あん？　そりゃどういう意味だ？」

「わからんか？　天子様は劉氏が持つ名を剝奪したわけではない、ということだ」

「いや、よくわかんねぇけど……」

「天子様はその気になればこう告げることもできた。『これより皇族や宗室と認められた者以外は劉姓を名乗ることを禁ずる』とな」

「おいおい、そりゃあいくらなんでも暴論ってやつじゃねぇか？」

「なるほど。確かにできなくはねぇ」

「あ？　そうなのか？」

「うむ。古くは周の時代だろうか。当時多くの姫姓を持つ者がその姓を変えている」

関羽の言い分を暴論だと切って捨てようとした劉備であったが、続く簡雍の言葉で思い直したの

か、視線で関羽に先を促すと、関羽は髯(ひげ)を扱(しご)きながら過去に行われた実例を挙げた。

姫姓とは、殷(いん)を滅ぼして周を興した武王の姓である。

当然武王やその兄弟は姫姓なので、そのままであれば世の中に姫姓の人間が溢(あふ)れていたかもしれない。漢で言えば劉氏と全く同じ状況である。

周が興ってから滅ぶまでおよそ七〇〇年近く経っていることから、劉氏と比べても多くの姫氏がいてもおかしくはないはずだ。

しかしながら姫姓は劉氏程広がってはいない。

それは何故か？

もちろん春秋戦国時代に滅ぼされたり、戦乱に巻き込まれることを恐れて名前を変えた者もいただろう。楚漢戦争時代にも同じことがあっただろう。

「そういう意味では負けた人間が保身の為に姓を変えたと言えるかもしれんな。だが、そもそも姫氏は周を興した武王の時代から曹・孫・蔡・虞・韓などと姓を変えているのだ。その理由は定かではないが、一説には本家に対する配慮であるとも言われているな」

「ほぉん。じゃあ何か？　過去に本家に対する配慮で名を変えた王族がいるんだから、俺らも同じようにしろって命令が出されるかもしれねぇってことか？」

「あくまで可能性だがな。兄者で言えば中山靖王劉勝の庶子である陸城侯劉貞の子孫だから、劉姓陸氏を名乗るよう言われるかもしれんというわけだ」

「……なるほど。そういう感じになるわけかい」

それなら劉氏を捨てることにはならない。むしろ祖先との繋がりを強く感じることができるだろう。劉備にとっても受け入れやすい提案である。

「あくまで例えだがな。しかし前例がある以上できないわけではない。だが天子様はそこまでしなかった」

「その理由は何だと思う？」

「働かない者は論外だが、きちんと働いた者であれば劉氏としての恩恵を受けても良い。そういうことだろうな」

「恩恵ってなによ？」

「色々あるが、一番は人脈だろう。姓を奪わないということはそういうことだ」

天子は、属尽に与えられていた特権こそ廃したものの、その人脈を使うことを禁じてはいない。故に劉備も、幽州に多数いる劉氏のコミュニティーはもちろんのこと、他の州にいる劉氏とも繋がりを持つことが可能となる。

なんなら冀州牧となっている皇族の劉虞とも繋がりを得ることができるだろう。

この一事だけでも関羽や張飛からすれば大層な特権であると言える。

また彼らの雇い主である公孫瓚にとっても、もちろんその他の地方領主にとってもこの勅命はありがたいものだった。働きもしない連中を喰わせるために税を使う必要が無くなったのもありがたいことだが、一番ありがたいのは劉氏を働かせることができるということだろう。

これまでは働かなくても暮らしていけた劉氏だが、これからは生きていくために働く必要がある。その働き先はもちろんそれぞれのコミュニティーが存在する県であり、郡であり、州である。そして彼らが選ぶ職種は一兵卒ではない。役人として働くことになるはずだ。

なにせ今はどこも文官が足りていないのだから。算術どころか、読み書きができる者すら足りていない中、大量の文官を得るあてができたのだ。

文官不足に頭を悩ませていた諸侯がこれに喜ばないはずがない。

兵としてつかう？　そんな勿体（もったい）ないことをするはずがない。


〜〜〜〜〜〜〜〜〜〜〜〜〜〜〜〜〜〜〜〜〜〜〜〜〜〜〜〜〜〜〜〜〜〜〜〜〜〜〜〜〜〜〜〜〜〜〜〜〜〜〜〜〜〜


劉氏の多くはその特権から読み書き算術を学べる立場にあった。

実際無頼漢の代名詞のような男であった劉備でさえ読み書き算術ができるという事実が、劉氏が如何に恵まれているかの証明とも言えるだろう。


〜〜〜〜〜〜〜〜〜〜〜〜〜〜〜〜〜〜〜〜〜〜〜〜〜〜〜〜〜〜〜〜〜〜〜〜〜〜〜〜〜〜〜〜〜〜〜〜〜〜〜〜〜〜

そうして各地で劉氏が働くようになれば、特権のせいで垂れ流されていた税はより地域社会の為に回せるし、これまで文官不足でできなかったことができるようになるので国全体の作業効率が上がる。当然その勅を下した天子の評価も上がるというわけだ。

「誰にとっても都合がいいというわけだな。無論『働きたくない。他人の金でのうのうと生活したい。働くくらいなら闘犬したい』などと不遜なことを考えている輩にとっては困るだろう。だが、そんな輩は不正を働いている役人と同じくらい世の中にとって不要な存在だ。まさか兄者がそういった輩を擁護するはずないだろう？」

「……おう。もちろんだぜ」

「諦めな大将。時代が変わったんだよ」

「そぉかよ」

劉備自身、若いころは働きもしないで闘犬三昧だったが、簡雍に言われて思い返してみれば、確かにあの時はまだ世の中はここまで乱れていなかったと思わないでもない。

同時に、もし今のご時世であんな生活をしていたら真っ当に働いている民から袋叩きに遭うだろうし、今の自分にそれを止めることができるとも思えない。

自分がやったら？　関羽や張飛が殴ってでも止めるだろう。

なんなら今の雇い主である公孫瓚あたりが殴りかかってくるかもしれない。

反対に自発的に働くと言うのであれば諸手を挙げて歓迎される。

今はそんな時代である。

そう考えるとこの時期に劉氏から特権を剝奪した皇帝の行いは、劉氏の一助となっていると言えなくもないわけで。

（つまり天子さんは劉氏にとって必要なことをしただけってことかよ。つーか、それが必要だって時点で色々終わってんな）

これまで自分が特権階級にあったことの自覚が薄かった劉備であったが、関羽や簡雍の態度を目の当たりにしたことで、劉氏がどれだけ恵まれていたか、そしてその劉氏を見ていた人間がどんな気持ちを抱いていたかを知ることとなった。

実際劉備が子供の頃に他の子供と一緒に畑仕事をしなくても良かったのは劉備が属尽だったからだ。名士であった盧植の下で学ぶことができたのも劉備が属尽だったからだ。

義勇軍を立ち上げた際に校尉の鄒靖（すうせい）が受け入れてくれたのも、付け届けを渡していないにも拘わらず功績を報告してくれたのも劉備が属尽だったからだし、督郵を殴り殺して逃げ出した後に頼った公孫瓚が問答無用で罪人扱いしなかったのも劉備が属尽だったからである。それだけの特権を享受しておきながら役人を否定していた自分のことを、周囲の人間はどう思っていただろうか？

畑仕事もしないで遊び惚けていた自分を見て周囲の人間はどう思っていただろうか？

（そんな連中と向き合うためにはどうすれば良い？　いや、答えはすでに出ている。働くこと。これしかねぇ）

『自分は役人どもと違ってちゃんと民を顧みている』と嘯きつつ、本当の意味では一切民に目を向けていなかったことを自覚した、大徳の人こと劉玄徳。

李儒が警戒するトリックスターはこの乱世の中でどのように成長し、どのような結果を出すのか。

それは正に神のみぞ知ることであろう。

## 四　孫堅陣営の場合

### 七月中旬　荊州南郡・襄陽（じょうよう）

「現時点で征南将軍に就任。で、江夏に居座る劉琦を討伐後、揚州の劉繇も討伐せよってか。それは別に構わんのだが……」

「左様。むしろ我らがやらねばならぬことですな」

「うむ」

黄蓋（こうがい）が言うように、征南将軍の役割はその名の通り南の賊を征伐することなので、荊州や揚州に蔓延る賊と認定された劉琦や劉繇を討つのは職責の内である。

また、戦に関することであれば自分の得意分野だし、なにより標的をはっきりさせることは大事なことなので、それを実行してくれた劉弁に対して文句を言うつもりはない。

その後の州牧云々に関しても、正直に言えば面倒だとは思うものの、これまで荊州の政にどっぷりと首を突っ込んでいる以上、今更他の人間に従えと言われたら現場の人間だって混乱するだろうから、これも仕方がないと諦めても良い。

というか、諦めた。

だから勅使から勅の内容を聞かされた孫堅が頭を抱えているのはそこではない。その前の段階だ。

「恩赦が無いと知った劉琦は必死で抵抗するだろうな。配下がどう動くかは微妙なところだが、少なくともこれまで頑強に抵抗し続けてきた黄祖らは徹底抗戦を図るはずだ」

「で、しょうな」

田豊や沮授のように、半ば無理やり袁紹陣営に組み込まれたのであれば袁紹を斬り捨てるという選択肢もあるだろう。

「まったく、自発的に劉琦の首を持ってくれれば配下たちは助かるかもしれんというのに」

「殿、ご自身でも思ってもおらぬことを口に出されても困りますぞ」

「まぁ、な」

黄祖らが降伏をしない理由は孫堅にもわかっている。

まず彼らの主君である劉琦の父、劉表は荊州刺史に任じられた際、己に従わないと見做した土豪たちを集め、その全てを殺したことがある。それを後押ししたのが、今は孫堅に従っている蒯越（かいえつ）や蒯良（かいりょう）、そして今は亡き蔡瑁や黄祖らを筆頭にした武官たちであった（正確に言えば蒯良は殺すのではなく取り込むよう献策しているが、蒯越の意見を採用した劉表の指示に従って謀殺の準備を手伝っている）。

よって今更降伏したところで、生き残った土豪たちの一族から報復されることを自覚している黄祖に降伏という選択肢はないのだ。

また、蒯越や蒯良らは地元の名士であること、そもそも出身地である南郡に彼らに報復できるような力を持った土豪が存在しないこと、孫堅が荊州を統治するために文官が必要であること、本人たちに逆賊と認定されてまで新帝に逆らう気概と理由がないこと、襄陽陥落後に大人しく降伏したこと、さらには個人的な武力を持たず兵士たちに対しての影響力を持たないことから孫堅に赦されたが、黄祖ら武官にはそのどれもが当てはまらない。

つまり、彼らは降伏すれば死ぬのだ。

その事実があればこそ彼らは降伏をしない。

「まぁ徹底抗戦をしてどうなるのかという話なのだが……」

恩赦が与えられないと確定した以上、どう見ても劉琦に未来はない。

今すぐに戦端が開かれないのは、偏（ひとえ）に長江と漢水が交わる要衝である江夏を攻めるための戦船が不足しているからだ。

確かに戦船を集めるのは大変だが、それも時間と共に解消される問題でしかない。

時間を掛ければ掛けるほど孫堅陣営は充実していくのに対し、彼らはこれ以上戦力を補充するのは難しい。というか、臨戦態勢を維持することさえ難しくなっていくだろう。

それらの条件を理解した上で江夏側が徹底抗戦の構えを崩さないのは何故なのか？

「どうせ降伏しても生き延びられぬ。ならばせめて名を残そうというのでは？」

「ふむ。武人らしいと言えば武人らしい決断と言えるかもしれんな。しかし、残る名が悪名では意味がなかろう」

後世では『悪名は無名に勝る』という言葉があるが、この時代の常識としては『逆賊としての名を残すくらいであれば無名の方がいい』というのが一般的である。

これが黄巾党の中でも極々一部しかいなかったとされる色々と極まった人物であれば『悪逆非道な漢から悪名を与えられた。つまり我らこそが正しい！』などと嘯くこともできるかもしれないが、極々一般的な武官でしかない黄祖はそういった類の人物ではない。

「では……生き延びる算段があるのでしょうな」

「……やはりそうなるか」

そう。破れかぶれでないのであれば、何かしらの希望があると見るべきだろう。

彼らは希望があればこそ、徹底抗戦の構えを崩していないのだ。

無論孫堅としてもその可能性は考慮していた。

事実、息子である孫策が劉琦との戦をしようと騒ぎ立てたときには、恩赦の可能性や袁術に降伏する可能性を示唆することで息子の暴走を止めている。

「だが今回の勅で恩赦も袁術による救済の可能性も潰されているぞ」

「そうですな」

「ならどうする？」

ここから逆転できる手段など孫堅には想像することもできない。だが黄蓋は違った。

「彼らにとっての救いとは、今回の勅があくまで新帝陛下によるもの。ということでしょう」

「は？」

皇帝その人が下した勅により名指しで討伐を指示されたことがなんの救いになるというのか。歳か？　それとも書類仕事をさせすぎたせいで疲れたか？

訝しむ孫堅だが、黄蓋は至って真面目であるし、まだ耄碌（もうろく）もしていない。

「言い換えましょう。新帝陛下に何かしらの問題が発生したのであればその限りではない。そういうことではありませぬか？」

「……なるほど」

勅とは皇帝が発令するものである。

それは事実だ。

しかし厳密に言えば勅を発令できる者は皇帝だけではない。

昔で言えば皇帝の周囲を固めていた十常侍らが己の都合の良いように勅を乱発したことが記憶に新しい。今で言えば司空の楊彪と司徒の王允。一応太傅の李儒や大将軍である董卓もその気になれば『これは皇帝陛下から内密に言われたことだ』と前置きした上で勅を発令することが可能だ。

「しかし、今回の勅は陛下が直接発したものだぞ？」

皇帝の代理人である三公が発令した勅よりも、皇帝本人が発令した勅の方が重い。孫堅からすれば当たり前の理屈である。それは正しいことなのだが、正しいモノを正しいと言えるのは孫堅が柵（しがらみ）のない武人であるからだ。

「諸侯とて、長安を支配している司徒殿らから『陛下がお考えを変えた』と言われれば納得するのでは？」

「むっ」

実際に楊彪や王允が今まで似たようなことをやってきている。

今回の勅はそれに歯止めをかけるためのものなのだが、彼らがその命令に唯々諾々と従うかと言われれば確かに疑問が残る。

なにせ劉琦は無論のこと、他にも恩赦を欲している者どもはいくらでもいるのだから。

また、名家の間で劉弁の評判は芳しいものではないというのもある。

曰く、暗愚。

曰く、愚鈍。

曰く、無能。

何進に反発していた宦官や名家が流した噂でしかないが、この時代は噂がそのまま正当な評価とされる時代である。洛陽に詰めていた大勢の人間から酷評されていた劉弁の評価は低い。また、劉弁には評価以外にも問題があった。

まず何進の甥である彼に従うことに抵抗を覚える者がいる。

次いで、皇族とは名ばかりの貧者であった上、十常侍の傀儡に成り下がって多数の名士を見殺しにした先帝劉宏の息子であることに抵抗を覚える者がいる。

さらにはその劉宏の先代にして、元々皇帝になることに反対されていた上、宦官を寵愛しその権限を高めた元凶にして、名士にとって忘れることができない屈辱である党錮の禁を実行に移した愚帝こと劉志の系譜であることを嫌う者がいる。

事実として党錮の禁では多数の名士が失われているので、それを実行に移した劉志や劉宏はある意味では董卓並みに嫌われているところがあった。

いずれも以前李儒が劉弁本人に語ったことであるが、そのどれもが噂ではなく紛れもない事実なので、これを否定することはできないだろう。

これらの事情から基本的に名士――特に実際に劉弁と会ったことがない人間――にとって劉弁は愚鈍な小僧でしかない。そんな愚鈍な小僧が出した命令に従う必要はないと考える人間は一定数存在するのだ。

その筆頭が袁紹や彼に与する名士たちである。

では彼らに「皇帝にふさわしいのは誰なのか」と問えば、真っ先に名が挙がるのが年長者にして幾多の実績を持つ皇族の劉虞であり、次いで挙がるのが先帝劉宏よりもよほど血筋が確かな存在である劉岱や劉繇となる。

その中には清流派の中で八及とまで評価されていた劉表や、早々に洛陽から逃げて益州にて地盤を築いている劉焉も含まれる。

「つまり、だ。連中は新帝陛下のお立場が盤石でないと見た。その上で、次代の皇帝となった者が劉表の息子である劉琦に対して恩赦を授ける。そう考えているのか？」

「次代でなくとも、今代のままでもそうですな。可能性はありましょう？」

黄蓋から見ても劉弁の足下は決して盤石ではない。

また個人としても王允や楊彪のような老練極まる妖怪を相手に我を貫けるはずがないと見ている。

それは黄蓋だけではない。

劉弁の周囲に侍る存在を知らない人間の大半がそう思っていることである。

その事実が劉琦らを支えていると言っても過言ではない。

というか、実際劉琦らの下にはそういう内示がきているのだ。

故に彼らは折れないし諦めない。

もう少し耐えれば良いと知っているからだ。

「確かにその可能性は高そうに思える」

「そうでしょう？　我らはそうなったときの為に備える必要があるのではありませんか？」

王允らの手によって勅が反転し、劉琦や劉繇こそが正統な皇族とされるようになれば、それと敵対した孫堅の身が危うくなる。

故に、今のうちからそれに備える必要があるのではないか？

黄蓋はそう言っているのだ。

「なるほど。新帝陛下の地位は危ういのかもしれん」

「えぇ。その通りです」

孫堅とて何も知らなければそう思ったかもしれない。

「幸い、我らには戦船を準備するという名目もある」

「そうですな」

なんの力も持たず。

なんの知性も持たず。

なんの目標も持たず。

なんの意思も持たない傀儡の発した勅に意味などないと嘯いたかもしれない。

「このまま様子を見る。それが正しい判断なのやもしれん」

「ええ。江夏の劉琦はもとより、豫州(よしゅう)の劉繇とも誼(よしみ)を通じる必要があるでしょう」

名目は降伏勧告。だがその実態はお互いが争っている振りをしながらの様子見。

兵は詭道(きどう)なり。上から命令を下しただけの子供には本質など理解できまい。

「袁術も似たようなことをするだろうな」

「するでしょう。むしろ彼らこそが最も新帝陛下を邪魔と思っております故」

地方に散らばっている名士たちの大多数は新帝劉弁の敵である。

さらに彼は過ちを犯している。

それは宗室を逆賊と認定したことと、属尽に対する特権を剝奪したことである。

「同族である劉氏の大半も新帝陛下に背くであろうな」

「然り。働きもしない属尽を働かせようとする陛下の行い自体は正しい。仰ることもごもっとも。しかしながらそれで特権を失った者たちの怒りが収まるかと言えば、さにあらず」

ただでさえ地方の名士が敵に回るというのに、このうえ各地に散っている劉氏たちまでもが反皇帝派となるのだ。このような状況では幼い新帝にできることなどない。

前にも後ろにも進めなくなった新帝は、王允や楊彪に泣きつくことになるだろう。

その後に待っているのは、名士たちの機嫌を取るための妥協。それしかない。

「……時流を見定めることが大事、か」

「義は尊きものですが、義だけでは腹は膨れませぬ」

新帝の行いは正しい。逆賊を討伐し、属尽を働かせ、天下を纏めさせようとする姿勢も間違っていない。しかし現実を見ていない。

新帝が掲げるもの。それは夢だ。

夢を取るか命を守るかを迫られたとき、大半の人間は命を守ることを選ぶ。

夢を捨てたせいで、決して埋まらない苦しみと、怒りと、悲しさに、心と体をさいなまれることになろうとも、結局は命あっての物種なのだから。

だからこそ孫堅は決意する。

「黄蓋」

「はっ！」

「江夏を攻める準備を急げ。戦船も物資も、その後の揚州攻めを視野に入れて集めるよう指示をだせ」

「はっ……は？」

「降伏勧告の使者を送る必要はない。向こうから使者がきたら首を刎ねて長安へ送れ」

「え？　いや、え？」

正気か？　さっきまでの話はどうなった？

孫家を存続させるために時間を稼ぐのでは？

混乱する黄蓋だが、孫堅からすればここで混乱すること自体がおかしいのだ。

（まぁ、こやつが混乱するのもわかるし、混乱したまま諸将に変なことを言われても困る）

「なぁ黄蓋よ」

そう考えた孫堅は、未だ混乱する黄蓋に対して優し気な目を向けつつも彼の過ちを指摘することにした。

「はっ」

「周囲の人間全てが『新帝は失敗する』そう見ている。お主はそう思うのだな?」

「……はっ」

間違いではない。客観的に見ればその通りだ。

しかし、だ。

「それは勘違いだ」

「は?」

「勝つのは新帝、否、太傅が与する陣営だ。それさえ間違えなければ孫家は勝てる」

天動説と地動説を例に出すまでもなく、多数決は絶対の正解を導き出す方法ではない。

それどころか大多数が認識しているせいで過ちに気付かないなんてこともままあることである。

今回の黄蓋はまさにそれであった。

黄蓋は知らない。新帝の傍に侍る男のことを。

袁術ら諸将も知らない。現在の状況が、新帝の傍に侍る男によって作られていることを。

孫堅は知っている。新帝が頼るのは王允のような雑魚でもなければ楊彪のような妖怪ではない。

かつては自らの伯父の片腕であり、今は自らの師となった男であることを。

そして孫堅は確信している。大陸全土を敵に回したとしてもあの男が負けるはずがない、と。

皇帝の権力云々ではない。

単純に智謀と視野の広さと容赦のなさと性格の悪さで負けるのだ。

王允？　元は彼によって司徒に祭り上げられた傀儡だろう？

楊彪？　治世ではそれなりにできるだろうが、乱世に向いた人間ではない。

董卓？　最初から全面的に降伏していたではないか。

袁紹？　袁術？　最初から今まで彼の手の内で踊らされていることにさえ気付いていないではないか。

劉岱？　劉繇？　連合を組んでさえ敗れた雑魚に何ができる。

劉琦？　父親の名の陰に隠れた小僧でしかない。

曹操と自分に関しては董卓同様に最初から勝つことを諦めている。

というか、漢の守護者である彼と自分が敵対する理由がない。

「だからな。我らは余計なことに気を回さず、命じられたことをこなせば良いのだ」

「は、はぁ」

「差し当たっては劉琦の討伐だ。もしかしたら袁術に与する一派が敵として襲ってくるかもしれないが、それこそ望むところよ」

単純に手柄が増えるし、なにより『袁術が逆賊に味方をした』となれば袁家を滅ぼす大義名分が整うではないか。

なによりあの男が言っていたのだ。袁家をただで赦すつもりはない、と。

「そのための一手を齎したとなれば、信賞必罰を徹底している彼のことだ。俺、否、孫家に対して確実に返礼をしてくれるだろうよ」

確かに彼は悪辣で腹が黒くて性格が悪くて人の道から外れることを厭わぬ外道である。

しかしながら、吝嗇（りんしょく）ではないし約束は守る人間なのだ。

故に孫堅に迷いはない。

「わかったら急げ。勝ち馬に乗り遅れんようにな」

「は、はっ！」

黄蓋とて言いたいことは多々ある。

本当に大丈夫か？　と問いたい気持ちもある。

だが己に対して絶対の自信と威風を見せつける孫堅の姿を見てしまえば、反論すること自体が愚かしく思えてしまっていた。

何故か？　黄蓋は思い出したのだ。己の原点を。

(そうだ。俺はこの熱に惹かれたのだ！)

かつて三公からの招聘を断り孫堅の配下となったのは、当時もこうして己の胸を焼く熱を感じたからだ。この熱を前にすれば如何なる栄誉も意味がない。この熱を前にすれば如何なる思惑も意味がない。

ただ猛りに任せて動くのみ。

書類仕事に明け暮れていようとも、その芯は武人そのもの。

孫堅が放つ熱は、文字通り黄蓋の心に火を着けたのだ。

「うぉぉぉぉぉぉぉぉぉ！」

己の内にある熱き心を思い出した黄蓋は率先して戦支度を行った。

反対する者や作業を怠る者には拳で応えた。

何があったのかを聞いてきた韓当や程普や祖茂(そも)を巻き込んで、劉琦を滅ぼすための準備を全身全霊で行った。その様子は常に戦に出たがっていた孫策ですら「落ち着け」と宥(なだ)める程であったという。


当然そのことは孫堅を警戒していた江夏の劉琦や揚州の劉繇、さらには豫州で戦支度をしていた袁術らの耳にも入ることとなった。結果として孫堅は彼らから『これだから戦しか知らぬ者は……』と〝話ができぬ獣〟として呆れと侮蔑の感情を向けられることになるのだが、後日このことを知った劉弁からは『孫堅こそ諸侯の中で唯一朕の勅を実行せんとして全力で動いた忠臣である』と激賞されることになる。

これにより孫堅は大いに面目を施すこととなった。

また劉弁は孫堅だけでなく率先して戦支度を行ったとされる黄蓋に対しても個別に官爵を与えたほど高く評価をしたと言われている。

## 五　？？？陣営の場合

### 六月下旬　益州広漢郡・綿竹

月が淡く輝く闇夜の中、宮城の奥に設えられたとある人物の私室にてパチンパチンと、石を打つ音が響いていた。

「勅が出されたのは予想外ではある。しかし悪いことばかりでもない」

本来であれば王允や楊彪が検閲するなり説得するなりして勅の発令を抑える予定であったが、新帝を名乗る小僧が長安からではなく弘農から勅を発することなど己も予想できなかったのだ。ならばそれを咎めるのも酷というもの。

故に赦そう。大度を見せるのも支配者の務めであるからして。

「そもそもの話、今更小僧が何をしようとも、ことは既に終わっているからのぉ」

不惑を越え、天命を知る年齢をも越えた男の声とともに、中央に黒い石が置かれる。

「荊州も黒じゃな」

中央よりもやや下の位置に黒い石が強めの音と共に碁盤に打たれる。

「幽州も黒、と」

最上部にも黒い石が置かれる。合計三目。囲碁のルールを知る者からすれば、先手側に三目置かれてしまった状態から勝つのは極めて難しい。

とはいえ、それはお互いがそれなりに近いレベルにいる場合だ。

素人が名人に勝てぬように、往々にして技量の差は多少の不利を覆す。

さらに言えば、今老人の手によって行われているのは、交互に石を置き合って互いの智と技を競うものではない。

「兗州は白」

中央の右側にパチリと置かれるのは白い石。

「豫州も白」

その下にも白い石。

「徐州も白」

右端に白い石。

「揚州も白」

その下、全体の右下に当たる部分に置かれたのも白い石。

「青州も白」

右端に置いた石の上と右上に置かれた黒い石の間に白い石。

「徐州も白」

その下にも白い石が置かれる。

「おぉ、そういえば幷州も連中のお陰で白になったな」

その言葉と共に、中央の上部分に白い石が置かれた。

「ふむ」

こうしてみれば中央から右半分はほとんど白となっているのがわかる。

しかしながら、この作業はまだ終わっていない。

「冀州は白と黒が二分」

上の部分に黒い石が。その下には白い石が置かれる。

「涼州も、白と黒が二分」

左上部に二色。より隅に近い方に白い石が、すこし中央に寄った部分に黒い石が置かれた。

「そして益州は当然……」

パチンとひと際大きな音を響かせて置かれたのは、白い石であった。

でき上がった盤面は、右の隅に固められた黒い部分と、中央の一部だけを保持しているものの、完全に白に囲まれた黒い石の図であった。

これだけでも白が圧倒しているのがわかるというのに、打ち手の手の中にはまだいくつかの石が残っている。

「司隷に白」

黒い石と黒い石の間に差し込まれるは白い石。

「涼州の外と幽州の外。并州の外も白」

三つ続けて置かれた白い石。

黒がより一層囲まれていることが強調されているようにも見える。

いや、実際にそうだ。黒は完全に包囲されている。

如何な名手とて、この状況から逆転する手は、ない。

何より相手は打ち手である自分の存在を知らないのだ。

彼らは自分が何者かに追い込まれていることを知らない。

知らないが故に対処ができない。

「くふふふ。つくづく王允めは上手く動いてくれおるわ」

今や司徒として長安にて絶大な権勢を誇る王允ですら、彼にとっては一つの手駒でしかない。無論それは王允に限った話ではないが。

「劉岱と劉繇はもう少し追い込まれてからの方がよかろう。冀州を任された劉虞は侮れぬが、簡単に動くことはできぬ。うむ。そう考えればこうなる前に劉表が逝ったのも悪いことばかりではないな」

老人は右上の黒い石を見やりつつ、中央よりやや下に置いた黒い石の隣に白い石を置く。

「孫家の小僧が調子に乗っておるようだが、どれだけ意気を上げようとも戦船が無ければ戦はできぬ。向こうの準備が整う前にこちらの準備が整うのは明白。大義を失った獣に動く術はなし」

右上の黒と中央下の黒は封じた。

残るは中央の黒。

「先に皇甫嵩と朱儁か。朱儁は袁術めと共に東に向かわせればよい。足止めくらいはできよう。皇甫嵩は……このままでは動かんだろう。だが董卓が一敗地に塗れれば話は別よな？」

左上部。白に囲まれた黒い石を睨みつける。

「無論、連合の大軍と五分に渡り合った精鋭を軽くは扱うことはできん。だが同じことができた精鋭と、その精鋭と戦い続けてきた者たちを相手にしても勝てるかのぉ？」

全てを薙ぎ払う暴風となりかねない大駒であることは否定しない。

しかしそれなら同じ規模の風をぶつけてやればいいだけの話。

しかも、向こうの石は一つしかないが、こちらの石は少なくとも三つあるのだ。

負ける要素はない。

「問題は弘農じゃな。あそこにどれだけの戦力が眠っておるのやら」

中央に置かれた黒い石。数は一つしかないし、周囲は白い石だけ。囲み自体は完成している。

しかしながら、些か決定力に欠けることを老人は自覚していた。

「牧野然り、井陘然り」

時に質は量を凌駕する。兵法上の常識からは外れているが、歴史上寡兵によって大軍が破られたことなどいくらでもある。

先に挙げた井陘の戦い（背水の陣の語源となった戦）では勝者となった韓信が率いた漢軍は三万程度であったのに対し、敗者となった趙軍は二〇万を号する大軍だったという。なにより老人は己がつい先日二〇万の軍勢が半数に満たない軍勢に勝ちきれなかったことを目の当たりにしているのだ。確かな実績を目の当たりにしておきながら、その数だけを見て精鋭の存在を警戒しないのは、ただの阿呆でしかない。

「王允はその阿呆そのものじゃがな」

現実を見ていない老人を嘲笑しつつ敵となる存在に警戒の眼を向けてみれば、そこには厄介極まりない存在としか表現できないモノが居座っていることが分かる。

「少なくとも先帝の小僧が組織した西園軍が約一万。それが暴走したときの為にほぼ同数の虎賁(こほん)と羽林(うりん)がいることは確実じゃて。これは精鋭中の精鋭と見るべきじゃろうな」

それは文字通りの職業軍人。ただ戦うために組織された軍勢だ。

一応官軍もそれに相当するのだが、官軍と西園軍ではその練度と装備にかけられた予算の桁が違うことは広く知られている。彼らの最大の特徴は、官軍に比べても潤沢な予算が用意されていたにも拘わらず、宦官名家問わず中抜きが一切認められていなかったというところだろう。

「宦官の傀儡で終わっていれば良かったものを。小僧め、最期の最期に面倒なものを遺してくれたもんじゃな」

官軍であっても実際に使えた予算は計上された予算の半分以下であったことを考えれば、件(くだん)の軍勢は単純計算で官軍の二倍以上の純度を持つ軍勢となる。

潤沢な予算とそれに見合った装備に加えて、かつて袁紹の愚行を止められなかったことを反省したのか、容赦のない訓練が行われていると聞く。それだけでは飽き足らず司隷近郊で賊が発生した場合は率先して討伐に向かっているらしい。

厳しい訓練だけでなく幾多の実戦をも経験している部隊が弱いはずがないし、いざというときにその精強な部隊を抑える役割を持った護衛部隊もまた弱いはずがない。

もちろん董卓や公孫瓚が率いている精鋭中の精鋭と比べれば一段以上劣るだろうが、それでも簡単に打ち破れるほど脆弱ではあるまい。

「精強な兵に囲まれた小僧を戦場で打ち破ることは難しいやもしれぬ。王允如きでは勝ち目は無かろう。じゃがな。戦とは戦場だけで行うものではない。むしろ戦場に身を置いた時点で負けよ」

孫子に曰く、百戦百勝は善の善なる者に非ざるなり。戦わずして人の兵を屈するは、善の善なる者なり。

「戦わずに勝つ。それこそが理想にして王たる者が歩むべき道じゃて」

とは言え、一度負けなければ現実を理解できない愚か者はいる。

董卓然り、孫堅然り、公孫瓚然りである。

だがそんな彼らとてここまで状況が悪化してしまえば戦どころの話ではない。

「まずは董卓。あ奴を落とし、郿に蓄えられておる兵糧や資財を回収する。そのための策は用意してあるからのぉ」

　実行役である王允の手腕には些か以上に不安はあるものの、根回しは十分以上に終わっているので余程のことがない限り問題はない。

　余程のことがあったとしても、手は二重三重に打ってあるので問題はないだろう。

「次いで孫堅。これは簡単じゃな。戦支度が終わる前に長安から荊州に送られている援助を打ち切ればいい」

　ただでさえ戦続きで疲弊している中で戦船を大量に集めているのだ。

　この時点でかなりの予算を使用していることがわかる。

　当然荊州を得たばかりの孫堅が単独で用意できるものではない。

　孫堅は長安からの支援が継続して行われると確信しているが故にこれだけの大盤振る舞いをしているのだろう。それは正しい。普通はそうだ。

「勅に従い賊を討つために全力を注ぐ。うむ、臣としては正しい姿よな。それは認めよう。その愚直な姿勢、どっちつかずの連中よりも余程好感が持てる。それも認めよう。じゃがのぉ。如何な忠犬であれ主と賊の違いが分からぬようでは駄犬の誹りは免れんぞ？」

　兵は神速を貴ぶものだが、拙速は嗜（たしな）むべきことである。

　この状況で敵と味方を見誤るような存在など必要ない。

　それが老人の決断であった。

「最後に北。今は小僧に従う姿勢を見せている劉虞とて、司徒や司空に背かれて孤立無援となった小僧を主と仰ぐことはあるまい。そしてあやつがその身に宿す大義を失えば、今は大人しく従っておる公孫瓚とて我らに帰順しよう」

実のところ老人が一番警戒していたのが劉虞である。

皇族という血筋。

騎馬民族を降した実績と名声。

漢の藩屏（はんぺい）として北を護ってきた公孫瓚という武力。

そのどれもが警戒に値する。というか、警戒しない人間はただの愚か者だろう。

事実、もし劉弁が喪に服している最中に劉虞が皇帝か、その代理を名乗っていれば追従する者は後を絶たなかったに違いない。

「しかし奴は誤った」

反董卓連合の際、袁紹に祭り上げられるのを断ったことは問題ない。

むしろ当たり前だとさえ思う。

老人とて宮中に武装侵犯した袁紹は討伐すべき賊だとしか思っていないからだ。

ただ、袁紹が集めた二〇万もの軍勢を己が手にする機会をふいにしたのは勿体ないと思ったし、愚かな真似をしていると思ったものだ。

それも今となっては自分の勘違いであったことも認めているが。

「連合が董卓に勝ちきれなかったことを見れば英断であったと言わざるを得んわな」

まさか二〇万の大軍があそこまで使えぬものだとは、老人の眼をもってしても見抜けなかったのだ。それを見抜いた上で担ぎ上げられるのを拒否したというのであれば、やはり劉虞は一廉（ひとかど）の人物なのだろう。

だが今は違う。劉虞は今こそ動かねばならなかった。

袁紹の誘いを断るのは当然としても、他の者たち……例えば韓馥や孔融や劉岱などから推戴されたのであれば乗るべきであったのだ。

「今このときに皇帝を名乗らなかった時点で、あ奴は皇帝となる道が消えた」

今後長安陣営——正確には弘農の連中——が苦境に陥ってから皇帝を名乗ったとしても、周囲の諸侯が、一番危ないときに助けて欲しいと思っていた者たちが、心から従うことはない。むしろ常に後ろから刺されることを警戒しなくてはならなくなるだろう。

そうなれば中央を救うどころではない。

これで西も、南も、北も止めた。

あとは孤立した中央の連中が枯れるまで待てばいい。

味方がいないと知った連中が内側から腐るのを待てばいい。

どれだけの精鋭を備えていようと、直接戦うことが無ければ意味はない。

どれだけ切れ味鋭い剣であっても、戦わずに勝つことを選んだ自分に届くことはない。

これにて終局。

勝者は決した。

「そも、本来皇帝となるべきは光武帝の血筋ではなく高祖の血筋であるべきじゃろう？」

漢の再興を成した光武帝は確かに偉大な存在だった。彼自身が名君と名高き景帝の子孫であるのも良い。しかし老人が認めるのはそこまでだ。偉大なのは本人とその兄だけで、残りの親族や子孫たちはどれも無能で自堕落で、そもそも血筋すら不明瞭な者たちばかりではないか。それこそ皇帝になる前の先帝劉宏のように、帝王教育と呼ばれるものを施されていない、ただ劉氏を名乗る庶民でしかないではないか。

そんな連中の子孫に皇帝を名乗る資格などあるものか。

今上の皇帝を名乗る小僧を見よ。

皇族とは名ばかりの貧乏貴族の息子と肉屋の娘の間に生まれた小僧ではないか。

何故そんな、どこ馬の骨ともわからぬ小僧を至高の存在と認めねばならぬのか。

何故名家や宦官ごときに至高の存在が操られねばならぬのか。

何故愚かな民の為に至高の存在が心を砕かねばならぬのか。

「わからせねばならぬ。名家を嘯く連中は、あくまで至高の存在に従うからこそ名家を名乗ることを許されているのだということを」

「わからせねばならぬ。宦官など、あくまで至高の存在にとってはただの小間使いでしかないのだということを」

「わからせねばならぬ。何も知らぬ愚かな民たちに、己らを導く者が誰なのかということを」

「わからせねばならぬ。己らを皇族と宣いながら、自分たちよりも優れた血が流れている我らを宗室などと貶め、蔑称してきた連中に、真の支配者が誰なのかということを」

老人は哂う。左上に置かれた黒い石に怒りを込めて。

老人は嗤う。右上に置かれた黒い石に侮蔑を向けて。

老人は嘲笑う。中央に置かれた黒い石に憎悪を滲ませて。

「ク、ククク」

そして老人は笑う。黒い石を弾き飛ばし、全てが白く染まった盤上に己が将来を見て。

「そう。儂が。儂らこそが漢の正統な支配者なのだ！」

老人には確信があった。

この状況を作った時点で己の勝利は揺らがないという確信が。

もしこれから対処しようとしても、そもそも己の存在が知られていない以上、決定的な一手が打たれることはないという確信が。

故に、己こそが勝者であり、勝者である己の一族こそがこの国の支配者となるにふさわしい存在なのだという確信が。

「クカカカカカカカ！」

月明かりに照らされた部屋の中で甲高い笑い声を挙げる老人は知らなかった。

絶対に安全だと確信している己の存在が、既に黒幕として認識されていることを。

勝利を確信していた老人は知らなかった。

完璧だと確信しているその策が、一手目から躓（つまず）きかけているということを。

そして勝者となった後のことを夢想する老人は知らなかった。

彼がただの小僧と見下している新帝劉弁の傍にあって、周囲から腹黒外道と畏れられる男の怖さと、能力と、思想を。

老人や老人に従う者たちがその全てを知るのは、それほど遠い日のことではない。

# 四五　動乱の気配

一

　先帝劉宏の喪が明けたと同時に新帝劉弁が発した勅は燎原(りょうげん)の火が如く漢全土に広がっていた。この勅における最大の特徴は、新帝が勅を発した場所とその内容にある。

　なにせ新帝劉弁は、洛陽に代わる都であると同時に国家を支える三公が待つ長安ではなく、喪に服していた弘農で、それも三公も大将軍も不在のまま自身にとって最初の勅を発したのだ。さらに、新帝は自身が帝位に就いたことを言祝(ことほ)ぐ式典を行わず、それに伴う各種恩赦も行わないことを宣言してしまう。

　これにより、親族や関係者の恩赦を望んでいた名家の者たちや、新帝を長安へと迎え入れ、その歓待によって自身の立場を固めようとしていた者たちの目論見は露と消えることになった。内容についてだが、これは特に名家の者に大きな衝撃を与えることになる。

　特に、属尽の持つ各種権利の剥奪や宗室を名指しで逆賊扱いしたことが、名家の者にとっては不満の種となった。

それは何故か？

元々皇帝である劉弁やその弟である劉協のような正真正銘の皇族や、地方を治める諸侯、さらに彼らに関係が無い文官たちからすれば、属尽というのは劉氏の名に縋りつき、碌に仕事もしない癖に権利だけを主張する穀潰しでしかない。しかし、一部の名家たちにとっては違ったからだ。

彼らにとって属尽は、金もなければ権力も持たないが、劉氏というブランドを持つ者である。格安で劉氏の名を使えるという事実は地方の人間にとって極めて重い。そのため地方における劉氏の価値は極めて高いのだ。また彼らからの郷挙里選によって職や箔を得た者も決して少なくない。

そんな彼らの特権がなくなるということは、彼らから推挙された者にも価値がなくなるということだ。それは、今後の雇用や昇進にまで直結する大問題となることが予想される。

故に、彼らの恩恵に与っていた連中がこの方針に反対しないはずがない。

また、皇帝を支える役職である九卿の中に、皇族や宗室、そして属尽を管理する宗正という職があることも無関係ではない。宗正の定員は一名だが、皇族や宗室の各家に家令を置いたり、その家令を支える丞を置いたりしている。

彼らは十分な給金と劉氏に仕えるということを誉れとしているのだが、此度の勅によって宗室に名を連ねていた面々や属尽の扱いが改善（彼らにとっては改悪）されることで、自分たちの存在価値が落ちてしまうことを懸念していた。

さらにさらに、皇室は属尽のコミュニティーを抱える諸侯に対して一定の予算を組んで支給することになっているのだが、彼らの特権が剝奪されるということは、その給付金も廃止となるということだ。

そうなれば、その予算を横領していた者たちの収入源がなくなってしまう。

これは職も名誉も収入も失うことになる名家の者たちにとって、まさしく死活問題だ。こういった事情から、名家の者たちが勅に反発するのも当然といえよう。

しかし、内心で反発していようとも、表立って反するわけにはいかないのが勅命というものだ。よって名家の者たちは、己が声を挙げるのではなく、別の誰かを担ぎ上げ、自分たちの声を代弁させようと画策することになる。

そして、今回彼らの代弁者に選ばれたのは、勅によって彼ら以上に顔を潰され、怒りの声を隠しもしない老人であった。

**興平元年（西暦一九二年）六月　司隷京兆尹・長安**

「有り得ん！　有り得んぞ！　貴殿もそう思われませぬか!?」

勅が発せられてからというもの日々傘下の者たちからの陳情を受けている司徒王允は、同僚であり先達でもある司空楊彪の執務室にて怒鳴り声を挙げていた。

「司徒殿のお怒りもごもっともかと」

（毎日毎日愚痴を垂れにくるのも有り得んと思うがな）

「そうでしょう！　此度の勅は、私共の失脚を狙った若造の讒言によるものに間違いありませんぞ！」

実のところ楊彪としては、勅によって自身がこれまでに与えていた恩赦が認められていたことから、向こうも自身や自身の派閥に十分配慮して貰っていることを理解していたため勅に対して特に不満はなく、あくまで暴走気味の王允を宥める為に曖昧な理解を示したのだが、王允にはそれで十分だったようだ。

「ふむ……」

（確かに向こうは貴様の失脚も、狙っているだろうよ。しかしその手は何処まで伸びているのだろうな？）

我が意を得たりと頷いて言葉を続ける王允を見て楊彪は、新帝劉弁とその裏で謀を練っているであろう男の狙いが奈辺にあるかを考察する。

（普通に考えれば今回の勅は、増長気味の王允を長安から引き離すと同時に、王允に擦り寄る名家連中の掃除を兼ねたもので間違いなかろう）

楊彪からみても、王允は明らかに一線を越えてしまっている。

普段の行いもそうだが、決定的だったのは先日の丞相劉協襲撃未遂事件だ。

京兆尹である司馬防が捕らえた罪人を彼が持つ強権で以て問答無用で処刑したことなど、どう考えても証拠隠滅を図ったようにしか見えないだろう。王允は証拠さえなければなんとかなると考えているようだが、楊彪としては「甘い」と言わざるを得ない。

事実がどうであれ、皇帝がそう見てしまえばそうなのだ。

まして相手は十常侍や袁隗のような絶対的な権力者が傍に侍っていたせいで、自身が得ることができる情報を選別されていたことにすら気付かなかった先帝劉宏ではない。弘農にて喪に服していたが故に余計な者による邪魔がなく、自身の目で物事を見て自身の頭で考えて物事を判断できる劉弁だ。

（先帝陛下との違いは、宗室や属尽に与えていた特権の廃除を明言したことからも明白じゃしな）

元々属尽に対する各種制度は、後漢を興した光武帝があくまで一時的な措置として自身の在位中に定め、そして在位中にその制度の廃止を決定したものを、地方に散らばった劉氏や彼らを利用せんとする名家からの働きかけで、順帝（八代皇帝）や桓帝（一一代皇帝）が復活させたものである。

その制度を廃止するということは、歴代の皇帝が定めた法を否定することと同義。

歴代の皇帝の決定を重んずるだけの皇帝なら、周囲が何を言っても制度の廃止に踏み切ることはないはずであり、その決断を下せたという時点で、劉弁が先帝に倣うだけの存在ではないことを証明している。

（まぁ、太傅に対する信頼が歴代の陛下を上回っただけの可能性もあるが……いや、それはない、

か）

たとえ劉弁の無知に付け込んだとしても、周囲にいる者全員が無知というわけではない。劉弁の周囲には荀攸をはじめとした名家の者や皇甫嵩や朱儁といった皇帝に忠義を誓う者もいるのだ。それらが異論を唱えれば、如何に太傅を信頼していると言っても、宗室や属尽を除いて劉氏の権威を落とすような勅を出すことは不可能となる。

（故に今回の勅は、陛下の御意思によって発せられたと見るべきだろうて。無論太傅が全く無関係とは言わぬが、それでも陛下のお立場に立ってみれば、な）

後宮にいたころから母の出自から散々悪評を垂れ流され、父である劉宏が死んだと思ったら袁紹を筆頭とした名家連中に宮城を侵犯されて後ろ盾である何進を殺され、弟ともども洛陽から逃げ出したところを董卓に保護され、ようやく名家や宦官どもから距離を取れたかと思ったら名家や宗室連中が中心となって結成された反董卓連合と称した賊徒に刃を向けられたのだ。

（このような扱いを受けた陛下が、名家や宗室、そして自分に味方しなかった属尽や、彼らに推挙された人間を敵視するのは当然のことよな）

むしろ反董卓連合の主力を担った袁術や、袁家と姻戚関係にある自分を赦すだけでも十分な配慮と言える。

それを知るからこそ楊彪は、これ以上の恩赦を認めないという勅は紛れもなく劉弁の意志であり、太傅らが自分たちに恩赦を与えるために随分骨を折ってくれたのだということを理解している。そのため彼個人としては弘農にいる者たちに含むところはない。

（問題は、それを理解できぬ阿呆が目の前にいるということ。いや、そういった配慮を理解できないからこそ、彼らは廃除対象にされたとも言えるのだがな。……こやつらと一緒に処分されては堪らぬわ）

「それで、司徒殿はこれからどうなさるおつもりか？」

今も目の前で怒鳴り散らす王允を見やり、巻き添えで処分されるつもりがない楊彪は内心で溜め息を吐きつつ自身が生き延びるための一手を打つ。

「どう、とは？」

「弘農にいる者どもの思惑はともかくとしても、勅はすでに下されました。それに従うなら貴殿は兵を纏めて并州へと赴き、袁紹殿を討たねばなりますまい。そうであるにも拘わらず出陣の支度が進んでいるという話は聞こえてきませぬ。貴殿は一体どうなさる心算（つもり）なのでしょうや？」

反董卓連合に参加したというだけの諸侯はまだ言い逃れできたが、袁紹が犯した罪はそれだけではない。宮中に侵犯して宦官を殺害したり、侍女らをかどわかした件については、誰がどう見ても一族郎党が処断されるに値する重罪である。

事実、それまで洛陽の名家をまとめ上げていた袁隗も、この行いのせいで助命嘆願すら出来ぬ状況に追い込まれてしまったのだ。

結局多額の弁済金を支払うことと、袁隗らの命を以てなんとか一門である袁術の助命という言葉を引き出したものの、袁家や袁家と関係をもつ名家の立場は文字通り薄氷の上に立っているが如く、いつ処刑されるともわからない危険極まりないものとなってしまった。

当然その中には、楊彪が家長を務める楊家も含まれている。

故に楊彪には袁紹に配慮する気は皆無であったし、王允や彼に擦り寄る名家の者たちも、朝敵である袁紹を討つことに異を唱えることはできない。なればこそ動く必要があるはずなのだが、王允は一向に動く気配を見せていない。だからこそ楊彪は「いつ出陣するのか？　出陣しないのなら何をするつもりなのか？」と問うたのだ。

「あぁ。それですか」

「……」

「儂に兵を率いて袁紹を討てという勅は、陛下の御意思ではなく、若造が儂を蹴落とす為に仕向けた罠でござろう？　ならばわざわざその罠に掛かってやる必要はない。そう思いませぬか？」

「は？」

その問いに対する王允の返答は、楊彪が想定した中で最も有り得ない、かつ最も下策としか思えないものであった。

「そ、それでは司徒殿は勅に逆らう、と？」

呆然としながら呟いた楊彪に、王允は「人聞きの悪いように解釈して欲しくありませんな」と、憮然とした表情を浮かべて反論をする。

「勅に逆らうのではござらん。若造の仕掛けた罠を破るのです」

「い、いや、それは……」

「それは？」

「……」

詭弁だろう。そう言いかけた楊彪だったが、王允の表情を見て喉まで出掛かったその言葉を呑み込んだ。楊彪の常識からすれば、誰がその裏にいようと勅は勅である。加えてその理屈を良しとするならば、誰でも勅に逆らうことができてしまうではないか。

故に、王允の主張は皇帝の権威の否定に他ならない。

「王允殿のお気持ちは分かり申した。しかし罠を破るとは、どうなさるのです？」

本来ならそれを糺すべきだろう。しかし楊彪は王允の主張に異を唱えなかった。それは王允の主張を認めたからではない。むしろその逆だ。

「うむ。司空殿も知っての通り、此度の勅には彼の御方も関わっております」

「それは、確かに」

「当然、彼の御方も若造の策に乗せられるような心算はござらん」

「……では？」

「えぇ。多少予定とは違いますが、なぁに。中途半端な才しかもたぬくせに謀略家面をしている若造や、目先の戦場しか見えぬ愚か者を罠に嵌めてやるだけの話ですよ」

「……そうですか」

「くっくっくっ。幼い陛下を傀儡として天下を握った気になっている阿呆どもに、我らが目にモノを見せてやりましょうぞ！」

「……」

「ふははは！　分不相応な身分を得て調子に乗った若造どもめ！　この王佐の才を持つと謳われた儂を侮った報いを受けさせてくれるわっ！」

目を血走らせ、虚空を睨んで声を挙げる王允。その姿は在りし日の彼が疎んじていたはずの、欲に呑まれた老害そのものであった。

二

漢全土を揺るがした勅が発令され、司徒である王允に幷州への出陣が命じられた。これを「王允に手柄を与えようとしている」と見るか「王允を追放しようとしている」と見るかは人それぞれであろう。

実を言えば当の本人は後者であると確信していたが、長安にいる大多数の人間は前者だと受け止めていたりする。何故なら王允が率いるのは今や漢で並ぶものがないと言われる程精強であることを証明した幷州勢であり、討伐する相手は現状冀州すら完全に抑えることができていない袁紹だからだ。

長安の面々から見た袁紹という男は、宮中侵犯という罪を犯したことで政治的な判断すらできないことを証明し、隆盛極まりない袁家の衰退を招いたことで家の当主としての適性も持たないことを証明した上に、連合を組んで二〇万の大軍を用意したにも拘わらず董卓の軍勢を破ることができなかったことで軍事的な才覚を持たないことを証明した愚か者である。

褒めるところが一つもない袁紹だが、今回特に重視されるのは軍事的な才覚の有無だ。

なにせ袁紹率いる反董卓連合軍は、遷都を行いながら戦闘をしていた董卓軍を突破できない程度の存在でしかなかったのだ。さらに董卓は連合軍を迎撃するにあたって精強と謳われた官軍を用いなかったのである。そんなある意味で手を抜いていた董卓を打ち破れなかったのだから、袁紹の指揮能力を疑う声が出るのは当然であろう。

尤も連合に関して言えば、袁紹も橋瑁らに担がれただけであったが故に諸侯に対する強制力が乏しかったことや、同じ袁家の袁術が袁紹に張り合おうとしたこと。また、諸侯が橋瑁らの言い分を信じておらず、自分たちの損耗を厭い万事に消極的であったせいで、集めた大軍を活かしきれなかったという面もあるし、騎兵中心の涼州勢や并州勢の運用方法と歩兵中心の官軍のそれはまるで異なる存在であるため、董卓軍は官軍を用いないほうが強いという事実があるのだが、そういった現場の状況を考慮考察できる人間は極めて少ない。

まして洛陽から長安に逃れた末に王允に擦り寄るような連中であると考えれば、その数は推して知るべし、といったところだろうか。

兎にも角にも、長安に居る面々が袁紹を過小評価すればするほど、彼が洛陽から逃げだすことになった宮中侵犯という大罪は、新帝劉弁はもとより、宮中に親類縁者を出仕させていたせいで被害に遭いながらも、袁家が強大だからこそ泣き寝入りしていた者たちにとって決して容認できるものではなくなってしまう。

故に、洛陽から長安に移った名家閥の面々を自派閥に引き入れる事に成功した王允が、彼らに代わって袁紹に引導を渡すということは政治力学的に考えても間違いではないのだ。

加えて言えば、王允は幷州出身なのだから、今回の勅は故郷に錦を飾るという意味でも王允にとっては褒美であるはずなのだ。

だからこそ長安の面々は王允が動かないことに疑問を覚えていた。

そして同じ疑問を抱いているのは、袁紹討伐の報を受けて祝杯を挙げようとしているだけの名家連中だけではない。

袁紹討伐軍の先鋒として戦場を駆けることになる幷州勢もまた、王允が動かないことに疑問を覚えていたのである。

## 六月下旬　司隷京兆尹・長安

「一体王允殿はどういうおつもりなのだ？」

大将軍であり養父でもある董卓から幷州勢の指揮を任されている呂布は、王允が一向に動こうとしないことに首を捻る毎日を送っていた。

王允もそうなのだが、呂布にとっても幷州は地元であり、そこに戻ることは褒美にこそなれ罰とは思っていない。これは丁原と共に洛陽に上洛した幷州勢の大半がそう思っていることである。気の早い者はすでに幷州で待つ家族に土産を買っているくらい、出発を心待ちにしている程だ。

ちなみに董卓は呂布を始めとした幷州勢に対し、帰郷の許可を出している。

これは軍事的に見れば、隣が地元でありすぐに帰省できる涼州勢と違い、長期間故郷を離れている幷州勢に対する配慮であり、政治的に見れば、勅を受けた王允に対して自身も協力することを厭わないという配慮とも言えるだろう。

また、養子であり幷州勢を率いる立場にある呂布に帰郷を赦したのは、彼が王允の養女を室にしていることも無関係ではない。……見ようによっては王允の関係者を遠ざけようとしているとも言えるが、流石にそれは穿ち過ぎであろう。

閑話休題。

呂布としても、何らかの理由があって王允が動かないというならそれはそれで構わないと考えている。

（たとえば弘農からの密命が出ている。とかな）

密命である以上口外しないのが当然である。己が知るべきではないことを追及した場合、災いが降りかかることになるというのは世の常識である。

（わざわざ藪を突いて書類仕事を持ち込まれては堪ったものではない、しかし、このままでは予算が組めん。予算が無ければ行軍など不可能だ。だからと言って予算編成に手間取って行動が遅れてしまい、それを勅に逆らったと見なされると……）

丁原の下で主簿として予算計上に関わってきた呂布は、予算編成の重要さを正しく理解している。そんな呂布にとって最も恐ろしい敵は、斬れば殺せる名家の連中などではない。斬っても殺せない、むしろ斬ったら仕事が増えることになる書類であり、その書類を無限に生成できるどこぞの悪党であった。

だからこそこれまで呂布は自分から動こうとはしなかった。だが、勅が発令されてから早一月。地元への帰郷を望む配下からの突き上げもあれば、戦を前提とした帰郷なのだから訓練だって必要だし、そもそも兵の維持には予算が必要不可欠なのだ。

元々騎兵とは歩兵と比べて数倍の金が掛かる兵種である。これが涼州や幷州に住む遊牧騎馬民族ならば、その維持費は最低限で済むだろう。また郿にいる董卓であれば「半分遊牧で半分は軍の予算で賄う」といった感じで回すこともできるかもしれない。

しかし長安に滞在する幷州勢にそのような真似は不可能である。

人は我慢出来ても馬は我慢できない。故にどれだけ簡略化しようとも、飼葉、塩、水は当然のこと、馬房や馬房に敷く藁。馬の世話をする人員の確保が必要となる。

しかも長安で人員を確保したとしても、それを幷州にまで連れて行くことはできない。

なればこそ今のうちに幷州までの移動に際して必要な資材や人員の確保をしなければならないのだが、出陣の予定日が分からないことにはその準備すらできないのである。

軍というものは「動け」と命じられたからといって即座に動けるものではなく、迅速に動くためには最低限の準備が必要なものだ。軍を率いたことがある王允にそれがわからない筈がない。今まではそう考えていた呂布だが、ここ最近の王允を見ていると、その常識を理解しているのかさえも怪しくなってくる。

実際黄巾の乱の際、董卓が黄巾に敗れることになったのも、洛陽の文官が戦を理解していなかったからだし、王允に軍を率いた経験があると言っても、彼が率いた軍勢は何進によって全ての下準備が終わっていた官軍であった。

（……しかたない、か。藪を突くことになるやもしれんが、それでも満足な兵糧も用意できないまま出陣させられるよりはマシだ）

急な出陣となった場合、長安の役人が必要な分量を出してくれるかどうかは不明である。気の荒い連中は「最悪奪えば良い」と抜かすかもしれないが、味方から無理やり略奪したら流石の董卓も許さないだろう。

で、ある以上、今のうちから準備をしなくてはならない。

丁原と董卓、二人の養父から預かった軍勢を無駄死にさせないため、呂布は敢えて火中の栗を拾うことを決意する。その栗は、彼の予想していたようなものでもなければ彼が予想した場所にもないのだが、今の呂布にその事を知る由はなかった。

## 長安宮城・司徒執務室

「出陣の日取りが知りたい？」

「はっ。幷州へ向かうにあたり、最低限の準備をしたいと思いまして」

「あぁ、なるほど」

(こやつも、か。……いや、こやつはただの猪。そこまで考えておらんな)

自身を幷州に追いやろうとする連中に迎合するかのようなことを口にする呂布に対し一瞬憎悪の感情を抱いた王允であったが、呂布、というか幷州の人間を見下している彼は、それが自分の考えすぎだと思いなおすことに成功する。そうして何度か頷き心を落ち着かせた王允は、元々呂布を抱え込む為に用意していた口実を口にする。

「そのことだが……儂は幷州に向けて出陣するつもりはない」

「それはまさか、司徒殿は勅に逆らうおつもり。ということでしょうか」

「いやいや、それこそまさか、よ」

「うむ。これはまだ極秘の情報なのだが」

「それでは？」

「？」

「実は羌や胡の連中が再度集結し長安を狙っておるという情報を摑んだのだ。それも涼州軍閥と共に、な」

「なっ！」

衝撃を受け、呂布が纏う剣呑な空気が一気に消し飛んだ。

王允はそこに畳みかけるように情報を開示していく。

「連中はおそらく勅を耳にしたのだろうな。儂らが并州へと行けば、それを隙とみて侵略する心算よ」

「まさか、いや、しかし……」

「元々この季節になれば略奪を行うための準備をする連中ではないか。漢が混乱しているなら猶更(なおさら)よな」

秋口になると羌や匈奴の者たちが略奪のために襲撃をしてくるのは事実である。そのことを知っているが故に、呂布は王允の言葉が嘘とは思っていない。

「ですが、郿には大将軍がおりますぞ？」

しかし、そもそもそう言った連中を掣肘するために董卓がいるのだ。そして羌や胡、匈奴や涼州軍閥は董卓の怖さを十分以上に理解しているはず。その彼らが董卓を敵に回してまで長安に侵攻してくるだろうか？　涼州の片田舎を襲撃するくらいじゃないのか？

（ちっ）

軍事的な観点から疑問を呈した呂布に「面倒な……」と思いながらも、王允は持論を展開していく。

「貴公がそう考えるのも無理はない。だが敵には韓遂や馬騰といった者共がおる」

「韓遂とは、確か数年前に涼州で乱を興した男でしたでしょうか？」

「うむ。先年の戦で董卓殿に敗れた男よ。おそらく韓遂自身の雪辱を晴らすとともに、董卓殿への意趣返しという意味を込めて長安を襲う腹積もりであろう」

「なるほど」

「加えて、袁紹が韓遂に資金援助をしているようでな」

「なんと！」

「袁紹にしてみれば儂らの足止めを兼ねていよう。わざわざアヤツの策に乗るのは業腹だが、だからと言って長安を裸にするわけにもいかぬ。なにせ相手は戦略的な意味を持って長安を攻めるのではなく、意地と嫌がらせで攻めるつもりなのだからな」

「むぅ……」

実際韓遂に資金援助をしているのは袁紹ではないのだが、王允としても董卓の養子である呂布にそこまで情報を明かすつもりはない。だからこそ、それらしいことを口にしたのだが、呂布にはそれで十分であった。

「敵は騎兵を中心とした賊どもよ。董卓殿が全てを止められなかった場合、この長安にも被害が出てしまうだろう」

「……」

「儂とて勅を無視するつもりはないのだ。しかし今は動けぬ」

「……そうですな」

「陛下とて勅を下した際にこのような状況は想定してはいなかったはず。まずは後顧の憂いを絶つことこそ肝要とは思わぬか？」

「それも、確かにその通りです」

「このような状態であるが故、今は陛下に連絡をして指示を仰いでいるのだ。極秘の情報なので貴殿に知らせることができなかったのは申し訳ないと思っておる」

「そうでしたか。いや、そのような理由であれば某とて口を噤むでしょう。故に謝罪は不要です」

「うむ。わかってもらえたようだな」

「はっ。お手数をおかけして申し訳ございません」

「いやいや、貴殿の気持ちも分かる故。しかし、このことは……」

「軍事機密につき他言無用。承知しておりますとも」

「うむ。頼もしい婿を得たものよ！　それではよろしく頼みますぞ」

「はっ！」

（ふっ。万夫不当の猛将と煽てられようと、所詮はこの程度よ。しかしこれで一手進んだと思えば悪くない）

洛陽でそれなりの政治闘争を経験してきた王允にとって、真実を交えた嘘を用いて呂布を操ることなど造作もないことであり、この両者の会談により、王允は自身にとって一番の懸案事項であった「感情的になった呂布による暴走」という問題を解決することとなってしまう。

順調に内外を固めつつある王允の謀。

その矢面に立つは、郿にて職務に励む大将軍董卓。

漢を揺るがす大乱はまだ幕を開けたばかりである。

三

待機や待命（たいめい）、もしくは現状維持という言葉がある。

後漢末期の洛陽に蔓延っていた名家や宦官たちにとって、その言葉は『何もしなくて良い』と同義であった。それはサボりを認めたのではなく、下手に行動を起こしてしまえば相手に付け入る隙を与えることになるということを警戒していたが故の解釈である。

　しかし、当然のことながら軍部に於いての待機や現状維持は何もしなくても良いというわけではない。待機や待命とは指示が有ったらすぐに動けるように機（命令）を待つことであり、現状維持といえば常日頃と変わらず任務にあたることを意味する言葉だからだ。

　故に、通常任務として西域の騎馬民族を警戒していた董卓の配下がそれに気付くのは当然のことであり、無事に職務を果たした者が、自身が得た情報を上司である董卓に届けるのもまた当然のことであった。

## 六月下旬　司隷京兆尹・郿

「あぁ～？　羌や胡の連中が動いている、だぁ？」

「みてぇです」

「俺にには何の連絡もねぇけどな？」

「こっちもですよ。どうも俺らには知られないように動いているみたいでさぁ」

「ほぉ。連中も少しは考えるようになったか？」

「どうでしょうかねぇ。ちなみに旗は揚げてませんが、連中のまとめ役は韓遂と馬騰ですぜ」

「はっ。連中の入れ知恵かよ。見直して損したぜ」

娘婿である牛輔からの報告を受け、獰猛な顔に殺気を交えながら「舐められたもんだ」と嘯くのは、悪逆非道の暴力の徒にして酒と女と権力に溺れて漢の政を壟断している大将軍こと董卓である。

この評判は、洛陽で名家や商人を殺したことや、洛陽遷都を強行したこと、また反董卓連合に参加した諸侯の軍勢を歯牙にも掛けずに蹴散らしたことに加え、長安で董卓の名を使って自分に従わない者の粛清を行っている老害によって意図的に流布されているが故に、拡散されることはあっても改善されることはない。

また、世間の噂によれば董卓は大将軍にあるにも拘わらず長安に入らず、郿に建造した要塞を己の拠点とし、政を顧みることなく酒と女に溺れる日々を送っているらしい。

物理的に長安から離れているのにどうやって董卓が政を壟断しているのかは定かではないが、とにかくそうなっているのだ。

もしもこの評判を流されているのが王允だったならば、彼は草の根を分けてでもこの評判を流した者を探し出し、これに賛同した者たちも含めて極刑に処していることだろう。

しかし董卓という男は王允のようなタイプの人間とは根本から異なるタイプの人間である。

商人や名家の連中が拡散している自身の噂になど欠片も興味を抱いてはいなかった。

むしろ「史に悪名を残すことになる？　むしろ連中に悪って言われんなら、願ったりかなったりじゃねえか。つーか連中と一緒にされたほうが悪名だろうよ」と吐き捨てているくらいには名家からの評判というものを気にしていなかったし、部下たちも同様に名家や商人の評価に価値を見出していなかった。

そんな評判を一切顧みない彼らであっても許せないものがある。

それは「舐められること」だ。

己の武に自信が有るからこそ、文弱共の囀りに耳を傾けることはないが、そうであるが故に彼らは純然たる力による序列を重視する。その彼らが重視する力による序列に鑑みれば、涼州軍閥も、羌も、胡も、匈奴も、彼ら全てが董卓の下になる。

「連中の狙いなんてのはどうでもいい。どーせ連中の頭には略奪しかねぇんだからな。問題なのは連中が俺に何の断りもなく動いているってことだ。まぁ馬騰っつーより韓遂の差し金だろうけどよ」

「ですね」

基本的に羌に代表される北方騎馬民族は秋口から冬にかけて漢に侵犯し、略奪を行っているのは事実である。しかし、それはあくまで漢を本気にさせないような規模であり、本気で討伐されないような場所を狙って行うものであった。

もっと詳しく言えば、彼らは襲撃前に州牧や刺史に行動を匂わせるくらいのことはしていたのだ。

実際に、数年前に引き起こされた辺章・韓遂の乱ではそれをせずに三輔（京兆尹・右扶風(ゆうふふう)・左馮翊(さひょうよく)）に攻め込んだ結果、漢が本気になって討伐軍を派遣し、羌族は多大な被害を出すことになっている。

ただ、この乱に関して言えば、当時は黄巾の乱のせいで漢の統治が乱れていたことや、その混乱に拍車をかけんとしたどこぞの宗室による扇動があったが故に彼らも引き時を誤ったという事情があるので、一概に羌を責めるのはお門違いと言えるかもしれない。

しかし今回は別だ。

董卓が万全の状態で在るにも拘わらず、向こうからは一切の事前連絡がないのである。

呂布が疑問を呈したように、董卓の怖さを知るはずの連中がそのような真似をすることなど、通常ではありえないことである。

これから導き出される答えはただ一つ。

「連中には、俺に逆らってでも生きていけるって確信があるってことか。それを保証してるのが馬騰であり韓遂の存在だって？」

「そうなりやすね。暗殺か奇襲か、はたまた正面からの戦で勝てると踏んだのかはわかりやせんが、何かしらの勝算があるんでしょう」

舐められるどころの話ではない。

完全に下に見られていることを自覚した董卓であったが、そんな彼が娘婿に示した感情は怒りではなかった。

「……はぁ～」

頭痛を抑えるかのような仕草で溜息を吐く董卓。今の彼から感じるのは、多大な疲労とわずかな憐憫であろうか。以前までの董卓の気性を知る者ならば、今の彼を見たら驚きの目を向けるか、彼が衰えた。と勘違いをすることだろうが、当然、今の段階で全ての事情を知る牛輔がそのような勘違いをすることはない。

むしろ牛輔は董卓の心情を正しく理解し、馬騰や韓遂、そして彼らに乗せられたであろう羌や胡の連中に憐れみさえ覚えていた。

「連中の動きも、連中に賛同する連中の数も、連中が動く時期や場所さえも予想通りでさぁ。ここまでくると『憐れ』としか言えませんわな」

「まったくだ」

ここまで筒抜けならいくらでも対処が可能だ。これでは『彼を知る』どころの話ではない。

敵に回ったとはいえ、相手は顔見知りであり自分たちも強者と認めている連中だった。それが、戦う前から完璧に封殺されているのだから、董卓としても何とも言えない気分となるのも仕方のないことだろう。

「ちなみに、馬騰が動いた理由は何だと思う?」

前回の乱で散々に蹴散らされた韓遂が、私怨を晴らさんとして動くのはまだわかる。だが自分が知る限り皇帝への忠誠心をそれなりに持っていたはずの馬騰が、自分を相手にするために羌と共に動くのが理解できない。そう頭を捻る董卓に、問われた牛輔はあっさりと答えを返した。

「そりゃ大将の評判じゃないですかい？」

「あぁん？」

「いや、馬騰って、かたっ苦しいところがあるじゃないですか」

「まぁな」

「でもって今現在、世の中に流れている大将の評判と、中途半端に洛陽の人間と繋がりがある韓遂。さらに長安の王允たちや連中に味方しているって噂の例の人からの言葉があったらどう思いますかね？」

「あぁ。なるほどな」

前述したように、董卓や董卓に従う連中は世間の評判なんぞ一切気にしていない。だが、噂や評判を気にする者はとことん気にするものだ。そして董卓が知る馬騰という男はどちらかと言えば後者であった。そういった土壌に、遷都や名家の殺害という種を植え、様々な噂という豊富な栄養を与えたなら、芽が出るのは当然と言えよう。

「こんなん俺でさえわかる流れでさぁ。勿論(もちろん)噂だの評判だのを飯のタネにしている連中からすれば、馬騰を動かすことなんざ地面に矢を当てるより簡単だったでしょうよ」

「口から先に生まれたような連中の口車に乗せられたか」

「あいつは頑固なのに妙に素直なところがありますからねぇ」

質実剛健と言えば聞こえは良いが、実際の扱いはこの程度。

「情けねぇ。とは言えんな」

「へい。俺らも一歩間違えばこうなってやしたからね」

(今の俺らも似たようなもんだが……いや、違うな)

そう自嘲しかけた董卓であったが、馬騰と自分には大きな違いがあるということを思い返すと、その表情を改め、彼らを敵として滅ぼすために動き出す。

「とりあえず賈詡を呼べ。あとは長安が妙な動きをしねぇように、李粛に連絡も入れろ」

「へい。それと呂布はどうしやしょうか?」

「アレか。……特に指示はいらねぇ。いや、動くなって言っとくか?」

「あぁ、うん。あいつは今や王允の紐付きっすからね。とりあえず王允が死ぬまでは距離を置くって感じですかい?」

「そういうこった。後はまぁ、いつも通りに、だな」

「いつも通りっすね。了解しやした」

(少なくとも俺を操っているヤツは、俺を駒として使う代わりにしっかりと見返りを用意してやがる。だが馬騰。おめぇはどうだ? 連中お得意の空約束以外に何かあるのか?)

董卓と馬騰の違い。それは操る者の器量の差であり、それが齎す結果である。

「阿呆が。最初っから負けることが決まっている馬に乗せられやがって」

即ち、勝ち馬を用意できるかどうか。この戦場に立つ将からみて最も重要な一点を満たせない時点で、彼らの黒幕は脅威たり得ないのである。

『戦は始まる前に終わっている』兵法書にもそう書いてあるのだが、この言葉の真意を知る者は驚くほど少ないのが今の漢という国である。

馬騰らを動かし、戦略的な優位を確信している黒幕もまた、その例に漏れることはなかった。

四

「大将、連れてきやしたぜ」

「申し訳ございません。遅くなりました」

「おう牛輔はご苦労さん。んでもって賈詡よぉ」

「何か？」

「何か？　じゃねぇよ。遅れて申し訳ねぇだなんて、自分でも思ってねぇことを口にすんな。そんなに洛陽や長安にいたような連中みてぇに無駄に持って回った言い回しがしてぇなら、お望み通り長安に飛ばしてやるぞ」

「なっ！　た、確かに社交辞令的な挨拶をしたという自覚はありますが、それだけで長安行きはないでしょう！」

「そういや李粛も『そろそろ交代させて欲しい』とか言ってやしたね。俺には無理ですが賈詡ならよろこんで行くんじゃ……」

「行きません！　好き好んであんな泥沼に嵌りにいく阿呆がどこにおりますか！」

董卓軍が誇る文官筆頭にして軍師の賈詡は、長安こそ漢の中心と嘯く王允や、長安との繋がりを持ちたいと願い、今も王允や王允の派閥に属する者に付け届けを行っている士大夫連中が聞けば憤慨するであろう言葉を吐きつつ、普段の冷静さをかなぐり捨てて抗議する。

「いや、でもお前ぇさん、数年前までは『涼州の連中は駄目だ。長安あたりに行きてぇ』ってのが口癖だっただろうが？」

「それは昔の話です！」

牛輔の暴露に慌てる賈詡。

実際数年前まで、具体的には董卓が洛陽に上洛するまでであれば、賈詡はそう思っていたし、それを口に出してもいたのだから、牛輔の言葉は決して嘘ではない。

しかしそれは、当時の涼州勢は董卓を除くほぼ全員が『暴力こそ正義』を旨とする蛮族であり、文官である賈詡の存在や仕事を軽んじていたからだ。

軍を組織し、運営する。それにかかる費用は膨大であり、軍勢の維持にかかる諸々の計算や処理は文官なしには成り立たない。そうであるにも拘わらず、涼州勢は文官を軽んじること甚だしく、いくら綿密な計算の上で進軍計画を立てても『足りねぇなら奪えばいいじゃねぇか』と蛮族思考で己の立てた完璧な計画を踏みにじるのだ。

当然軍師として面白いはずがない。

よって賈詡は、話を聞いてくれる士大夫層がいる長安や洛陽で職に就くことを望んでいたのである。

しかしながら、実際に洛陽や長安の泥沼具合を知ったことで「あ、これは私には無理だ」と判断し、距離を置くことにしたのだが、そういう心境になったのは自分で言ったようにほんの数年前のことでしかない。

古代中国的価値観からすれば数年など数日と大差ないので、董卓や牛輔の言い分は決して不当なものとはみなすことはできないのである。

なにより、話題に上っている李粛も『賈詡と交換するから長安から離れろ』という命令を知れば、諸手を挙げて歓迎するのは確実なので、双方が望んだ人事と言えないこともないのだ。士大夫層にしてみれば長安への移動は栄転に他ならないので、賈詡を異動させることが董卓による懲罰とは考えないだろう。

当の賈詡以外は。

「そ、それに私には、私にしかできない仕事が残っております。あれは長安での仕事を行いながらできるものではありませんぞ！」

無論この一連の流れが半ば冗談であることは知っているのだが、万が一という可能性もある。明晰な頭脳でそう考えた賈詡は、自らの安全を確保するための一手を放つ。

長安の仕事。つまり書類仕事である。

如何に文官として書類仕事に慣れている賈詡とて、長安の俗物どもと政治闘争をしながら無限に湧き出る書類に向き合いたいはずもない。

現在李粛が董卓の代行として可もなく不可もなく己の職務を遂行できているのは、偏に彼の脳内に、士大夫連中とまともに付き合うという選択肢がないからだ。

まともに付き合う心算がないから連中の言葉を無視できるし、元々連中の考えを理解できるだけの素養もないが故に、李粛は彼らからの要望を放置しても『田舎者には理解できんらしい』『これだから田舎者は』と嘲りを受け、自覚のないままに向こうの自尊心を満たしながら要望を無視するという離れ業が可能なのである。

故に、なまじ明晰な頭脳を持ち、連中から送られてくる書類の文面に隠された本題や策謀を理解できる上に、自らの常識に縛られているが故に士大夫を軽んじることができない賈詡には李粛の代わりは務まらない。

「それに私の生まれは涼州武威郡。李粛殿の代わりというのであれば王允と同じ太原郡とまでは言いませぬが、并州の生まれでなくてはなりませんぞ！」

実際李粛に今の役柄が与えられたのは、彼が王允や呂布と同郷の人間だからという理由もあるのだ。

よって、彼の代わりを務めるには、ただ書類仕事ができれば良いというわけではない。人事を決定するにあたって、郷挙里選が常識であるこの時代において『同郷』の二文字は一定の説得力を持つのである。

「あぁ、それもあったか。ついでに言えばあの仕事はお前ぇにしかできねぇ仕事だし、長安に行ったら向こうの連中に邪魔されて効率が落ちるのは確実だわな」

「……しょうがねぇ、か」

「牛輔殿は私に何か恨みでもあるのですか！」

「いや、そろそろ李粛を休ませてやりたくてな」

「……私とて彼が休みたいと思う気持ちは分かりますし、あの境遇には同情もしております。ですが、先ほどいったように私には私にしかできない仕事があります。よって、この人事については諦めていただきたい」

「ま、仕方ねぇな。牛輔。李粛の休みについては後で考えることにして、今は目の前の連中のことだ」

「了解でさぁ」

現在董卓の配下の中で一番苦労しているのは誰か？　と問われれば、満場一致で長安を牛耳っている（ことになっている）王允と呂布の間で調整役を務めるだけでなく、長安に於ける大将軍の代理人として書類仕事を一身に担っている李粛の名が挙がるだろう。

八面六臂の活躍を見せている李粛の代わりが務まるのは董卓軍広しと言えども賈詡か張済しかい

ない。故に牛輔は、このまま働かせていれば間違いなく壊れるであろう李粛を休ませるために、賈詡を派遣することを半ば本気で考えていたのだ。

「(危なかった)……とにかく、本題に入りましょう」

チッと舌打ちしつつ自分の異動を諦めた牛輔を見て、董卓はともかく、牛輔が本気であったことを知った賈詡であったが、なんとか自分に不利な流れを断ち切ることに成功し、無事、元々自身が呼び出された『本題』に入ることに成功したのであった。

〜〜〜〜〜〜〜〜〜〜〜〜〜〜〜〜〜〜〜〜〜〜〜〜〜〜〜〜〜〜〜〜〜〜〜〜〜〜〜〜

「では気を取り直しまして。馬騰や韓遂に率いられている羌・胡の軍勢はおよそ四万。現在金城に集結しております」

軍議、というには些か弛緩した空気が漂う中、すでに敵の情報を纏め終えている賈詡は、涼州の地図を指し示しながら金城の部分に黒い碁石を置く。

「四万ねぇ。で、他は?」

「……それだけです」

「「は?」」

一般的に四万といえば大軍だ。それが長年漢を苦しめてきた騎馬民族であれば尚更である。事実もしこの報を長安に知らせれば、名家連中は『すわ遷都だ！』と騒ぐことは確実である。

しかし、これまで幾度となく彼らと戦い続け、漢にいる誰よりも彼らを知る董卓や牛輔にしてみれば、その数は少なすぎた。

「いや、なんだそりゃ？　連中、そんなので俺に挑もうとしている、だと？　……何か秘策でもあんのか？」

前回の辺章・韓遂の乱でさえ、本隊と言われた集団は五～六万程度であったが、その総数は一〇万を超えていた。これは、向こうは向こうで漢という国の怖さを理解しており、定期的に行う氏族単位の略奪行為ではなく本格的な侵攻をする際には一〇万以上の兵を揃える必要があるという程度のことは理解していたためである。

故に董卓や牛輔は、目の前にいる金城の四万とやらは自分たちを拘束する為の兵でしかなく、本隊は自分たちをこの場に拘束している最中に、涼州の他の部分から兵を出してくるのでは？　と疑いをもったのだ。

だが、それは敵に対する過大評価でしかない。

「董卓殿の気持ちはわかります。しかし裏はありません、この四万が敵の本隊であり、今回の侵攻軍の総数です」

「裏はねぇって……死ぬ気か？」

「どうでしょうな？　元々それなりに経験豊富な連中は董卓殿の怖さを知っておりますから参加を

控えたようです。まして以前の戦で完膚なきまでに蹂躙されたときの損害から回復できたとは思えません。故に董卓殿が健在な今、連中が兵を挙げること自体が異常なことと言えましょう」

「そりゃそうだ。ついでに言えば、連中が怖がってるのは俺だけじゃねぇぞ」

「ですね。俺は大将よりあの人の方が怖ぇよ」

「……否定はしません」

董卓や牛輔はその行状から、賈詡は先々まで見通したうえで相手を嵌める策を弄しているという事実からどこぞの外道に対して強い恐怖心を抱いているようであった。

「まぁ、彼の御仁についてはともかくとしましょう。故に、今回参加しているのは董卓殿やあの御仁を知らぬ若造や、怖さよりも恨みを持つ者たちのようですな」

前回の戦から八年。当時一〇歳だった子供も今や一八歳だ。元服した彼らが親や兄弟を殺した相手を恨むのは当然だし、その恨みに引き摺られて前回留守を担っていた連中が前に出てきたと考えれば辻褄も合わなくはない。

「はっ。未熟者と負け犬の群れってか。端的に言って雑魚だな。李傕と郭汜だけでも勝てそうだ」

普通なら、自身に恨みをもち、死を恐れずに襲い掛かって来るであろう騎馬民族の軍勢など恐怖の対象でしかないのだが、これまで幾多の戦場を渡り歩いてきた董卓からすれば、そんな連中は猛るだけ猛って前しか見えていない猪、つまりは狩りの獲物にすぎない。

故にそう吐き捨てたのだが、賈詡の考えは違う。

「まぁ、正面から当たれば勝てましょうな」

死兵だろうがなんだろうが、正面から来るなら董卓軍の持つ暴力と自身の智謀を以て殲滅することは容易いことだ。そう認識しながらも、彼の冷徹な思考はこの兵が『誘い』でしかないことを看破していた。

「……いや、正面から戦えばつってもよぉ。連中には他に軍勢はいねぇって言ったのはお前ぇだよな？」

「えぇ。便乗して略奪に走る氏族がいるかもしれませんが、今回韓遂や馬騰に協力しているのはこの四万のみです。それは間違いありません」

軍勢とはいきなり発生するものではない。軍を整えるまでに必要な準備というものがある。騎馬民族である連中の場合、その準備は官軍とは比較にならないほど早く終わるが、それでも準備にかかる時間は皆無ではない。まして彼らは氏族単位で動く為、共同して兵を出す場合は、氏族間の折り合いを付ける為に何度も使者を交わす必要があるのだ。

その予兆が無い以上、賈詡は纏まった軍として動くことが可能なのは金城にいる四万のみであることを確信していた。

「なら向こうの狙いは何だってんだ？　まさかこの四万程度の集団で俺を殺そうってわけじゃねーんだろ？」

「はっ。恐らくですが、馬騰や韓遂の狙いは時間稼ぎにあるかと愚考致します」

「時間？　そんなん稼いでどーすんだよ？」

援軍がいないのに時間を稼いでどうする？　そんな董卓の疑問は、あっさりと解消される。

「あえて戦わぬことで、こちらの戦線が停滞しているとして、長安の軍勢を我々に対する後詰として派遣するのでしょう。そして我々が『援軍が来た』と勘違いをしてその軍勢を迎え入れたところで董卓殿や我々を殺害、といったところでしょうか」

「……なるほど。長安からの援軍なら大将が出迎えるのが当然だし、門だって開けるわな」

「はい。董卓殿を討ち取った後は、眼前で待機している馬騰や韓遂と合流してこの郿を落とし、溜め込んである資財を回収し、後顧の憂いを絶ったうえで弘農の御仁を潰すつもりかと」

「ほほう。なら現状王允が考えている俺を殺す為の駒は……養女を嫁がせた呂布、か」

「可能性は極めて高いですな」

「いや、でも王允が呂布に『大将を殺れ』って言ったからって、それであいつが素直に『わかりました』ってなるかね？　あいつが養女に入れ込んでるのはわかるんだけどよぉ」

牛輔としても賈詡が荒唐無稽な作り話で呂布を貶めようとしているなどとは思っていない。

そもそも呂布はなんだかんだで董卓に仕える事になったが、所詮は新参者である。しかし董卓はその呂布に過剰なくらい配慮をしていたし、呂布も自身が過剰な配慮を受けていることを理解していたはずだ。にも拘わらず呂布が養女に唆されたからと言って、俗物に過ぎない王允の為に董卓を殺すのか？　と言われれば首を傾げざるを得ないのだ。

「養女にどれだけ入れ込んでいるかは関係ないでしょう」

「は？　でも呂布と王允との繋がりは……」

董卓に直談判までして側室とした養女しかない。そう言おうとした牛輔に賈詡は「そうではないのだ」と首を振る。

「牛輔殿。現在長安にある呂布の屋敷には、養女の護衛、もしくは付き人として王允の手の者が入っております」

「あっ」

護衛である以上、それなりの戦闘経験はあるだろう。それが呂布の妻や娘を捕らえ、人質とする。なんなら養女も一緒に人質としてもいい。この程度のことであれば、策士を自認する賈詡や、どこその外道からすれば当たり前すぎる程に当たり前の策である。

「……呂布が連中の駒になる可能性についてはわかった。しかし兵はどうする？」

現在呂布が率いている幷州勢は、あくまで董卓が貸し与えている軍勢である。よって呂布一人が『打倒董卓』と声を挙げたところで、彼らが自分たちを見下している王允に味方をするはずがない。そうである以上、もし呂布が奇襲で自分を討ち取ったとしても、呂布が討たれることになるのは明白。

ならばそれをどうにかしない事には王允の狙いは達成されない。董卓はそう考えたが、それは王允が呂布に価値を見出していることが前提であることを見落としている。

王允が呂布に価値を見出しているだろうか？　と問われれば、その答えは否であろう。

「王允からすれば、人質を取って動かした時点で呂布は危険な獣となります。ならば董卓殿を討ち取った後は呂布が死のうが生きようが問題ないと考えるでしょう。もしかしたら『頭の悪い獣を鎖に繋いで使役する』くらいのことは考えるかもしれませぬが、それは王允と呂布の間の話ですから私にはなんとも言えません。兵は向こうに涼州軍閥にとって顔見知りである韓遂や馬騰がおりますので、彼らを使えば糾合することも不可能ではない。そう考えているのではないでしょうか？」

「いや無理だろ」

少なくとも牛輔には董卓と敵対した呂布や、それに味方をした馬騰や韓遂に従うということはない。これは彼だけではなく、董卓軍の将兵ならほとんどがそう判断するはず。確信を込めて告げる牛輔だが、残念ながらある意味で単純な涼州勢を騙す策などいくらでもあるのだ。

「馬騰や韓遂が呂布と手を結んでいることを知っていれば反発もありましょう。しかしそのことを知らねば、馬騰や韓遂に『敵討ち』と唆されて連中に与する者も出てくるかと」

「……なるほどねぇ」

「ついでに言えば、長安の軍勢は幷州勢の他に王允が組織した軍勢もいるでしょう。ならば連中に大義名分を用意して我らと敵対させることも決して難しくはありません。場合によっては呂布も人質を使わずに動かせるやもしれませんな」

「偽勅、か」

「はっ」

数年前、橋瑁は三公の文書を偽造することで偽勅を造り、それを大義名分とすることで反董卓連合を結成することに成功している（尤も、その以前から反何進連合という形で下地はできていたが、橋瑁が檄文を造らなければ連合に大義名分がなかった）。

翻って今回はどうか。文書を偽造するまでもなく王允は三公の司徒であり、車騎将軍でもある。ならば自身が持ち得ている権限の中で独自の兵を集め、その軍勢に『董卓抹殺の勅がおりた』とでも言えばいい。それだけで董卓抹殺の軍勢を結成することは可能となる。あとは馬騰や韓遂にもそれを示して彼らを従えることができれば、それなりの兵を集めることは可能だ。

「我々を潰したあと、馬騰や韓遂の軍勢と自身の組織した軍勢を以て偽勅を使われたことに憤慨する陛下が差し向けるであろう弘農の軍勢を破り、陛下と丞相殿下を手中に収める。これが王允と彼に知恵を授けている者が考えている一連の流れなのでしょう」

「いや、勅だろうがなんだろうがよぉ。そもそも大将を殺された俺らが大人しく連中に従うと思ってんのか？」

「王允はそう考えているのでしょうな」

「今のあいつならやりそうではある」

「ハッ！　あのくそジジイがッ！」

名家を気取って偉そうに『勅である』と抜かしている王允を思い浮かべた董卓と牛輔は、苦虫を噛み潰したような顔をしながら賈詡の読みが正しいことを認めることになる。

とは言っても、これはあくまで『敵の狙いが奈辺にあるか？』を確認するために問題提起をしていただけのことであり、元々董卓にも牛輔にも王允を庇う意図はないので、軍議を主導する立場である賈詡の主張が受け入れられるのは当然と言えば当然の話であった。

「ま、結局は実際に金城にいる四万の軍勢の動きや、長安から軍勢が派遣されてくるか否かを確認しつつ動くしかねぇってことだな」

「左様。少なくとも今すぐに金城の連中を滅ぼすのは悪手。まずは与えられた指示通り『現状維持』に努めるべきです」

「現状維持、ねぇ」

「どうした牛輔。動かねぇのが不満か？　もし不満だってんなら弘農に行って文句を……」

「い、いや！　不満なんかねぇよ！　……ただ」

「ただ？」

「弘農のお人はどこまで読んでるのかなって、な」

「そりゃおめぇ……」

言いながら董卓は自陣営の中で一番彼を理解しているであろう軍師に目を向ける。そうして目を向けられた賈詡は、神妙な顔つきで一つ頷き、牛輔に諭すように告げる。

「最初から最後まで、でしょうな」

「最初って……いつだよ」

「少なくとも王允を司徒にしてから。そうでなければ今まで沈黙をしていた理由に説明が付きません」

「「……」」

現状は全て彼の掌中にある。だから逆らうな。少なくとも勝手に動いてくれるな。そう告げる賈詡の表情は、董卓や牛輔以上に恐怖に染まっていた。

五

**京兆尹長安・宮城内司徒執務室**

「何故董卓は動かんッ！」

董卓が『いつも通りに動く』と決め、それを実行している最中のこと。帝である劉弁も、劉弁の代理として政務に当たっていた丞相劉協も不在の長安に於いて、最高権力者の一人である司徒・王允は、董卓の代理人として派遣されている李粛を己が執務室に呼びつけ、叫び声を挙げていた。

幷州で生まれるも、自身の生まれ故郷を田舎と断じ、内心で見下して居た王允は幷州での軍役に就いたことがない。そんな王允の持つ価値観で言えば、金城という長安に近い地に四万もの羌族や胡族が居るというのは正しく異常事態である。加えて漢の常識として見ても、定期的に漢の地を侵し掠める彼ら騎馬民族は、発見次第即刻排除するのが当然の存在だ。

そしてその排除を実行するのは官軍の仕事であり、官軍を率いるのは大将軍である董卓の仕事である。

しかしながらその大将軍・董卓は、己が将軍府を設けた郿から動く気配を見せていない。それはつまり、董卓が大将軍としての職務を放棄していると言っても過言ではない。

故に王允は、董卓の代理人として長安に滞在している李粛を叱責し、郿から動こうとしない董卓の尻を叩こうとしていたのだが、呼び出された李粛が怒り狂う王允を相手に行ったのは、謝罪でも反論でもなかった。

「いや、いきなりそんなこと言われましてもなんのことかわかりやせんぜ。向こうでなんぞ動きがあったんですかい？」

「なんぞ動きがあったか？　だとッ！」

李粛が取った行動。それは王允が望んでいた謝罪や弁明ではなく韜晦であった。そう。李粛は王允が何を言いたいかを知っていながら、あえて知らない振りをすることで王允から必要な言質を取ろうと画策したのだ。

もし王允が少しでも李粛を警戒していれば、そのわざとらしさに気付くこともできたであろう。だが、悲しいかな己を高く評価すること甚だしい王允は、目の前で頭を掻く同郷の武人をそこそこ仕事ができるだけの田舎者と見下しているため、その韜晦の中に隠された意図に気付かない。だから本来なら彼が知り得ないはずの情報を口にしてしまう。

「金城に四万もの羌・胡の連合軍がいるではないかッ！　それだけの大軍を前にして大将軍が動かんとは何事かッ！」

王允にしてみれば、完膚なきまでに正論である。あくまで王允の視点では、だが。

「ほぉ。金城に羌と胡の連合軍がいるんですかい？」

「そうだ！」

「それは初耳ですね。そもそもその情報はどこから得たんで？」

「むっ？」

長安での政争を嫌い、郿に籠りながら涼州を警戒しているはずの董卓が得ていない。少なくとも長安に於ける董卓代理人である自分が知らない羌と胡に関する情報を、何故司徒である王允が知っているのか？

李粛からの問いを受けたことで、己が過ちを犯したことを自覚し、先ほどまでの激昂ぶりが嘘だったかのように沈黙する王允。彼が口を噤んだところで、李粛は追及の矛先を変えながら矛盾点を指摘する。

「ま、情報源に関しては、司徒様にも色々伝手があるってことでいいんですけどね。ですが、流石にこの情報は、ねぇ？」

「……何が言いたい？」

「端的に言って信用できやせん」

「なんだとッ!?」

王允とて己が失策を犯したことは自覚している。しているのだが、金城に騎馬民族が集結しているのは紛れもない事実なのだ。そこを疑われる筋合いはない。

内心で叫び声を挙げる王允だが、李粛が言っているのはそれ以前の話である。

「落ち着いてくだせぇ。幷州出身の司徒様には言うまでもないことでしょうが、羌と胡は違う氏族でしょう？」

「……そうだな」

基本的に、羌は涼州やその北や西に広がる民族なのに対し、胡は幷州の北や西、つまり涼州から見て東に根差す民族を指す言葉だ。幷州生まれの王允が知らないはずもない。

無論、両者が漢の北で交わることはあるだろう。羌や胡の中に、元々住んでいた地域から移動した者だっているのかもしれない。

しかし、その両者が手を組んで漢に兵を向けているとなれば話はガラリと変わる。

「先ほど司徒様は、金城にいるのは羌と胡の連合軍と言いましたね？」

「……」

「確かに羌も胡も季節ごとに漢に侵攻し、略奪を働いていくはた迷惑な連中ですよ？　ですが、いや、だからこそ、と言うべきですかね？　基本的に連中はお互いが侵略する縄張りを侵したりはしないんでさぁ」

戦術的に考えれば、董卓という羌も胡もその怖さを理解している大敵を前に兵力を集中させるのは間違いではない。しかし、だ。漢という共通にして強大な敵を前にした場合、わざわざ別の氏族までも糾合し一箇所に集まる必要性は、皆無とは言わないが限りなく薄い。

まして彼ら騎馬民族が討伐される危険を理解しながらも漢の地に押し入り略奪を続けるのは、漢を滅ぼすためではない。偏に冬を越すための蓄えを得るためなのだ。

なればこそ、彼らが狙うべきは蓄えが少ない上に、すぐ近くで董卓が兵を駐屯させている涼州ではなく、大量に兵を引き抜かれた上に、前任の刺史が処刑された挙げ句、後任の州牧が駄々をこねて赴任すらしていない并州であるべきだろう。

さらに今は夏である。当然収穫の時季ではない。収穫の準備をしている季節だ。

「もし羌と胡が同盟を組んだというのであれば、羌が涼州で我々を誘引しつつ、胡が并州へと動くでしょう？　なのに連中が一箇所に纏まっている？　それもうちらが知らないってことは略奪もせずに一箇所にいるんでしょう？　おかしいじゃないですか。まぁ、もしも連中を集めた上で略奪を控えさせるような強力な纏め役がいるってんならわからないでもありやせんが、その辺の情報はありやすか？」

もしも氏族間の問題を無視して羌や胡といった連中を集めることができるとしたら、それは第二の檀石槐の誕生を意味する。しかしその場合、今回動員した兵が四万というのは少なすぎるという問題が発生する。つまり、それなりの北方騎馬民族の内情を知る者からすれば『この時期に、金城に、四万の羌と胡の連合軍が、略奪もせずに、集合している』のかが不明なのだ。どこをとっても矛盾だらけの情報となる。

そんな不自然極まりない情報を元に兵を動かす将軍など、よほどの阿呆以外存在しない。

「むぅ……」

李粛のいう纏め役こそ、王允から勅という形で命令を受けた馬騰と彼の義兄弟である韓遂であり、彼らが略奪を行っていないのは、王允らが彼らに物資の援助を約束しているからなのだが、流石にそれを明かすわけにはいかないという程度の常識はある。

どう誤魔化すか。そう思い悩んで無言になった王允に、李粛は言葉を重ねる。

「ってな感じですんで、司徒様が得たその情報は色々と前提がおかしいってことです」

「……私を疑う、と？」

「いやいや、司徒様は疑ってません。ただねぇ」

「ただ？」

「俺は司徒様にその情報を持ってきたヤツを知りませんからね。知らないヤツは信用できませんや」

かなりオブラートに包んでいるが、つまるところ李粛の言い分は『王允は疑っていないが、羌と胡を同一視するような物見は信用できない』となる。

「……」

「つっても、司徒様が得た情報が本当であれば、間違いなく大事です。なんで、向こうの大将に使者を送って確認してもらいます。大将が動くとしたらその確認が終わった後になるでしょうねぇ」

できるだけ早く。具体的には弘農から自身の異動を促す督促の使者が来る前に董卓を動かしたかった王允からすれば、些かどころではないほど迂遠な話だ。とは言え、今の王允には李粛の後ろにいる大将軍・董卓を動かす権限は、無い。

「……そうか」

結局王允は（どうせ調べればわかることだ。ならばその時に『だから儂は言ったではないか！』とでも言って董卓を急かせばよい。多少時間がかかるが、それはしかたがないと諦めよう。弘農の若造どもは……まぁなんとでも転がせよう）と判断し、この場で李粛に命じて董卓を動かすことを諦めることになる。

この決断が彼にとって吉と出るか凶と出るか。

——普段から董卓旗下の将軍たちを『政を理解できぬ阿呆』と見下している王允は知らなかった。自身の目の前で頭を垂れる李粛が、どれだけ危険な存在なのかということを。基本的に彼らは政略だの謀略だのについてはアレなところがあるのは事実だが、こと戦場に於いてはただの猪ではないということを。彼らは敵を食い破る獰猛さと、罠を警戒するだけの知性を兼ね合わせる狡猾な狼だということを。

（どうやら王允にこれ以上の引き出しはないようだな。あとは楊彪と劉焉の動きになるが……まぁそっちは大将や旦那たちに任せるとしやしょうか）

そう。彼も知らず、己すら知らぬものに勝利はないのだ。

王允がその理を真の意味で理解するとき。それは、即ち狡猾な狼がその牙を獲物に突き立てた瞬間となるだろう。

そしてそのときは、決して遠くはない。

六

『金城に羌と胡の連合軍がいるらしい』

『さらにその数は四万に及ぶらしい』

情報の真偽はともかくとしても、自身の代理として長安に滞在する李粛から情報を上げられてしまえば、如何に厚顔極まりない董卓とて動かざるを得まい。

王允はそう考えて今回は待つことを選択したし、実際これまでその情報を把握しながらも、敢えて知らない振りをしていた董卓としても、こういった形で正面から情報提供をされてしまえば何かしらの動きを取らざるを得ないのは事実である。

だが、その『動き』が王允が望む形である必要は何処にもないわけで……。

## 七月中旬　涼州金城郡・金城県

「ま、まさかこのような……」

「よもや董卓がこのような手を打ってくるとは、な」

　暫定的にではあるが、羌と胡の連合軍を率いることになった馬騰は、董卓から送られてきた書状を見て愕然としている韓遂の姿を横目に、内心で溜息を吐く。

「司徒殿の計画では、董卓が自分で気付いて軍を出すまで待つか、私が羌と胡の存在を匂わせた後に郿か長安に援軍を要請。次いで董卓を金城に誘い出し、空になった郿城を長安の手勢が抑える。その後郿の者たちを人質としつつ兵糧を失った董卓軍を追い込み弱体化させる。さらに部下を離反させて孤立したところを討ち取る。そういう流れだったはずだな？」

「……そうだ」

「で、これはどうする？」

　馬騰としても「なんとも己らに都合の良い策だな」とは思っていた。しかしながら、馬騰の頭ではその都合のいい策に代わる代替案を出すことができなかったが故に韓遂や王允が提唱した謀に乗るしかなかったのだ。

そして今。馬騰は当時の自身の決断を深く後悔していた。

それはなぜか？　偏に長安からの情報を得た董卓が取った行動が、此方(こちら)の予想を大きく裏切っていたからだ。

具体的に言えば、董卓は情報の真偽を確かめるために軍勢を率いてくるのではなく、金城を預かる馬騰へ使者を派遣して情報の真偽の確認を行おうとしてきたのだ。

普通に考えれば当然のことなのだが、彼らにとって董卓という男がこのような回りくどいことをするなどとは想像の埒外(らちがい)にあったのだ。そして、想像できないということは当然対処法も考えていないということである。

予想外の出来事に思考停止に陥った馬騰と韓遂であったが、先に立ち直ったのは『涼州人にしては珍しく知恵が回る』と評される男、韓遂であった。

「……使者を殺すか？」

訂正。立ち直っていなかった。

冷静に見えてかなり混乱している韓遂の提案を受け、馬騰も現実へ立ち返ることに成功する。しかし現実と向き合ったが故に、自分たちの置かれた状況の拙(まず)さも認識できてしまう。

「今更無意味だろう」

通常使者とは、余程の急ぎでもない限りは不測の事態に備えて複数人が派遣されるものだ。よってここで自分たちに書状を持って来た使者を殺したとしても、使者の同行者や、他に遣わされてきたであろう者から董卓に『使者が金城に入ったこと』は伝わることになる。

そうなれば当然『金城で羌や胡との争いが発生していないこと』も伝わってしまう。この時点で、馬騰が董卓を呼びよせることができなくなってしまった。

更に対応に困るのが、董卓から送られてきた書状の内容である。

「董卓からは『李粛からの報告で、長安の連中が金城に羌と胡の連合軍が居ると騒いでいるらしい。お前さんからそんな情報は来てないから虚報だとは思うが、一応確認をするように。まぁ本当にいるとしてもその数は四万程度らしいから、増員がないならそのままそっちで対処してくれ』と命じられた。このように言われては、どうしようもないぞ」

王允や彼の背後にいる存在からすれば、羌と胡の連合軍とは漢の宿敵である。それも四万の軍勢となれば、何を差し置いても対処しなくてはならない大軍だ。しかし辺境域の戦を知り尽くしている董卓からすれば、連合を組んだにも拘わらず四万しか集まらなかった時点で取るに足らない存在でしかない。

さらに時期も時期である。夏場である以上、邑に攻め入り犠牲を出しつつ少ない物資を略奪するより、平原で草を食わせつつ羊や馬を育てることを選ぶのが北方騎馬民族という者たちだ。その価値観に鑑みれば、馬騰とて董卓と同じ立場であった場合、無理に彼らと戦をして金城から追い立てようとは思わない。それどころか「黙っていれば帰るんだから放っておけ。むしろ城を空けることのほうが不安だ」と判断し、籠城することを選ぶ。

事実、彼らを相手に下手に出陣してしまえば、空になった城や、輜重隊が狙われて物資を略奪される可能性が高まるのだ。それくらいなら城に籠ってしまえばいい。これにより自分たちは連中からの略奪を防ぐことができるし、向こうは向こうで奪う物がないことでやる気をなくして帰っていくのだ。

つまり彼ら騎馬民族を相手にする場合、絶対の自信がない限りは下手に戦をするよりも籠城する方が結果として無駄な損失や出費を防ぐことになるのである。

こういった一連の流れを知っていればこそ、董卓は「馬騰に任せる」と判断して郿から動かないし、馬騰も董卓を呼び出す口実を失ってしまったのだ。

「くそっ！　王允の阿呆めっ！　せめて一〇万とでも嘯けば良いものをッ！」

書状一つで追い詰められていることに激怒する韓遂。確かに現在自分たちが苦境に陥っている原因は、王允が『羌と胡の連合軍。それも四万もの大軍だ！』と調子に乗って馬鹿正直にこちらの陣容の情報を漏洩したせいである。

兵数を漏洩したことも問題だが、それに加えて古代中国的な物見の常識というのも彼らの足を引っ張ることになっていた。

それというのも、通常この時代の物見というのは、敵を過大に報告することはあっても少なく報告することは殆どない。よって物見が『四万の軍勢』と報告を上げた場合、実際の数は二万。多くて三万程度と判断されてしまうのである。

元々四万という数でさえ少ないと見なされるのに、実数はそれ以下と判断されてしまうのだ。その程度の雑魚を相手に、歴戦の董卓が動くはずがない。加えて馬騰の矜持もある。ただでさえ攻城戦が苦手な連中が三万程度で攻めてきたとして、だ。まさかその程度の相手を前に『自分では対処できないから援軍が欲しい』など、どの口が言えようか。

　そのようなことを口にした時点で、馬騰の勇名は地に落ちることになる。

　そもそも馬騰が今回王允や韓遂に協力しているのは、韓遂経由で董卓が長安や洛陽で行った所業を聞き憤慨していたところに協力要請があったからだ。それも義兄弟である韓遂だけではなく、司徒である王允や、皇族（馬騰は宗室と皇族の違いを理解していない）である劉焉からの要請があればこそ、董卓を朝敵と断じて、これを討つことを了承したのだ。

　結局のところ馬騰が王允や劉焉の企てに乗ったのは、あくまでそれに義挙という名目があり、勝ちの目があるからである。

　翻って、現状はどうか。

　董卓から掛けられた問いを要約すれば、第一に「金城に羌と胡の連合軍がいるか？」というものと、第二に「いるなら自分で対処できるか？」というもので、合計しても二点しかない。当然どちらも即答できる内容であり、間違っても返答に時間を掛けるような内容でもない。

　だからと言って、もしここで「羌も胡もいない」と答えようものなら、彼らの計画は土台から破綻してしまう。反対に「羌も胡もいるが、自分では対処できない」と答えれば、自分の、否、馬家の武名が廃る。

(俺とて漢の臣。漢の為に一時的に汚名を被るのは我慢できる。しかし……)

涼州の武人である馬騰は、少し前まで自分たちの上に立っていた（なんなら今も立っている）男、即ち董卓という男の怖さを忘れてはいない。

その董卓との決別を決断したのだ。当然、命すら擲つ覚悟も決めている。

(しかし、しかし、だ)

如何に覚悟を決めたとて、王允や韓遂の癇癪に巻き込まれて犬死したいわけではない。まして間違ってもこのような、前哨戦ですらない駆け引きの段階で、それも名誉回復ができるかどうかが危ぶまれる中で、王允や劉焉のために自身の名を貶める心算は毛頭ないのである。

(使者に即答しなかった時点で、否、こうした使者が送られてきた時点で、俺は疑われているのだろう。あの猜疑心の強い董卓のことだ。疑いを持った以上、これから俺がどう動いても良いように準備を整えているはず。ならば俺が、馬家が生き残るためにはこれからどうすればいい？)

片や、現実を見ずに自身に都合の良い策を練り、それに縋る自分たち。片や、確認の書状一つでそれらの策を叩き潰しつつ、本拠地で万全の態勢を整えているであろう董卓。

(加えて、時間は敵の味方)

畢竟、時間が経てば経つほど羌や胡に支払う物資が増えることになる。支援はあるとはいえ、四万の軍勢を維持するだけの物資が無尽蔵にあるわけではない。だからと言って物資の提供を渋れば羌や胡が暴走する可能性が増すことになる。そして、その際に引き起こされる略奪に巻き込まれるのは自分が護ると決めた漢の民である。

（漢の政を糺すためとはいえ、漢に混乱を齎すのは本意ではない。そもそもの話、董卓を討った後、羌や胡の連中が大人しく退くか？　虎を討つ為に狼を招き入れては意味がないぞ？　どう考えても連中は長安近辺で略奪を行うだろう。そうなった場合、長安の役人や王允は平気で自分を切り捨てるはず。そのとき俺にそれを撥ね除けることができるか？　……無理だ。その場合、俺の命はない。馬家の誉れも……くそっ。勝とうが負けようが先が危ういではないか。それならいっそのこと董卓に与するか？　しかしそれも……）

馬寿成。

史実に於いて、涼州軍閥を率いて曹操と激戦を繰り広げた馬超の父として知られる勇将は今、董卓から送られてきた書状を前にして「おのれ逆賊がッ！」と罵りながら今後の対策を考えている韓遂を横目に、自身が生き延びるため、最低でも家の名誉を守るためにどうするべきかを真剣に考えるのであった。

# 偽典・演義

~とある策士の三國志~

giten engi

陸

6

特別読切

# お嬢とお嬢

「ねぇ、貴女はどう思うかしら？」

「そ、そうですねぇ。と、とても難しい問題だと思いますですはい」

「そうなのよねぇ。でも貴女が協力してくれればなんとかなると思わない？」

「あ、あははは。私なんてとてもとてもとても」

「いえいえ、貴女のような子なら私も安心できるのよ。それで、どうかしら？」

「ど、どうと言われましても〜」

（ど、どうすればいいの？　王巽、助けて！）

（頑張ってくださいお嬢様！）

（王巽ぃぃぃ！）

端的に言って董白は現在、未だかつてない程追い詰められていた。

是と答えても問題が発生するし、否と答えても角が立つ。

そのうえ向こうに悪意がないこともわかっているので、無下にすることもできない。

加えて相手の持つ権力が自分や自分の後ろ盾である祖父を凌いでいるのも問題だ。

(ど、どう答えるのが正解なの!?)

なんだかんだ言って董白は、お嬢様である。

彼女が生まれる前から董卓は涼州や并州に於いて一大勢力を築いていたものの、基本的に涼州天水あたりに居を構えていたため、洛陽の名家に生まれた子女が送っていたような文化的な生活を経験することはなかった。

しかしながら、この乱世の最中にあって彼女は一度も自分が賊に襲われることを心配したことはない。畑を耕したこともない。食事にも不自由したこともない。もちろん食うに困った親に手を引かれ、好色な役人の前に連れられたことなど一度もない。

嫌なことは嫌と言えたし、どうしても我慢できないことは祖父に泣きつけば大体なんとかしてもらえた。そういう、何不自由ない生活を送れてきたという意味では、彼女は間違いなくお嬢様であった。

ただし董白は洛陽や長安に住む人間が想像するような、普通のお嬢様ではなかった。

書は読まないが乗馬は好み。詩吟は嗜まないが狩りは楽しみ。宮城に流れる七弦琴の良さは理解できないが、草原に響く馬頭琴の音色は好むような、涼州や幽州の男性であれば誰もが好ましく思うような、辺境のお嬢様であった。

そんな辺境のお嬢様である董白にとって漢の中心である司隷、それも皇帝陛下その人が座(おわ)す弘農なんて息が詰まるような感じがしてとてもではないが耐えられる気がしない……なんてことはなかった。

普通に馬に乗れるし、大将軍の孫娘なんだからと学ぶように言われた詩吟の勉強をしなくても怒られないし、武術の鍛錬にも参加させてもらえるし、何よりも王異以外の同年代の少年少女と普通に触れ合うことができるという部分が最高だった。

（まぁ、私を無職呼ばわりする無表情はどうかと思うけどね）

個人的なアレで多少の不満はあるけれど、その不満のもとになっている少年の態度とて、大将軍の孫娘だからと言って擦り寄ってくるものの内心では田舎者と蔑んでいるのが見え見えな底の浅い連中に比べれば何倍もマシだと思っていた。

もちろんそこに恋愛感情のようなものはない。

向こうにだってないだろう。

少なくとも董白の中では、仲の良い友人のようなものだ。

だからこそ、とも言えるだろう。下心も何もなく接することができる相手に恵まれた環境は董白にとってもとても過ごしやすい環境だった。

しかし、何事にも終わりは訪れる。

此度董白にとって、非常に相性の悪い相手が弘農に来てしまったのだ。

「あら、杯が空じゃない。新しく淹れましょうか？」

「お、お構いなく！　大丈夫ですので！」

「あらそう？　欲しくなったら遠慮なく言ってね？　そこの王異さんも」

「は、はい！　ありがとうございます！」

（わ、悪い人ではないんだけどさぁ）

相性が悪いといっても、別に相手が董白を虐めているわけではない。

もちろん陰口をたたいているわけでもなければ、排斥しようとしているわけでもない。

むしろ向こうはとても董白を気に入っており、なんなら実の母親や祖母よりも董白を可愛がろうとしてくるほどだ。

董白とて個人的には尊敬に値すると思っているし、実際に会って話してみれば自分に近いところを感じるのもまた事実。それがまた彼女を困らせる要因なのだが、董白が一番困っているのはそこではない。

「で、お話の続きなんだけど、貴女も唐さんの付き人になってみない？　今なら競争相手も少ないわよ？」

これだ。ことあるごとに彼女は董白を取り立てようとしてくるのだ。

「あ、あははは」

笑うしかなかった。

ちなみに彼女が言う『唐さん』とは、もちろん皇帝陛下の后である唐皇后その人のことである。

通常皇后の付き人を勝手に決めることなど不可能なのだが、董白の目の前にいる女性はその通常の枠から外れた存在である。彼女は董白が一言「はい」と言えば、次の瞬間には董白を唐皇后の付き人にすることができるだけの権力を有している女性であった。

横紙破りを可能とする権力を持つ彼女の名は何皇太后。

先帝劉宏が正后にして、今上の皇帝劉弁の母である。

〜〜〜〜〜〜〜〜〜〜〜〜〜〜〜〜〜〜〜〜〜〜〜〜〜〜〜〜〜〜〜〜〜〜〜〜〜〜

（ふふっ。まさかこんないい子がいるなんて。弁も早く教えてくれれば良かったのに）

弘農に来てからというもの、彼女——何皇太后——の顔は緩みっぱなしだ。

洛陽の後宮にいたころは酷（ひど）かった。

兄が用意してくれた女官以外のすべてが敵であった。

互いが互いを貶し合い、足を引っ張り合うような場にあって、自分が劉弁を産めたことは奇跡に近いとさえ思っている。

（それに見合う屈辱は与えられたけどね！）

当時の彼女は、言葉にすることも憚られるような屈辱を受けながら、それにも耐えて劉弁を産んだのだ。

その奇跡の代償は決して安いものではなかったが、後悔だけはしていない。

しかし、出産を乗り越えたあとも酷かった。

幼い赤子を害そうとする刺客に怯え、親切面して子供に与えてはいけないものを与えようとしてくる輩に怒りを覚えたと同時に、同じことを目論む連中の数があまりにも多かったことに辟易したことを覚えている。

(あの時、兄上から助言を受けていなかったらどうなっていたことやら)

きっと息子は療養に入る前よりもひどい状況になっていただろう。

思い返すだけでも背筋が寒くなる。

それら大小様々な嫌がらせを受けたが、一番心に残っているのは王美人の殺害とその罪を問われたことだろうか。

当時、劉協を産んだ王美人に対する嫉妬心があったことは認めよう。だが己の嫉妬心を煽り、したり顔で彼女を殺すための毒を用意した宦官に罪はないのだろうか?

劉宏に叱責を受けた際に幾度となく自問を繰り返したものだ。

また、数少ない味方だと思っていたからこそ兄に助命を嘆願してやっていたというのに、その宦官どもが、こともあろうに夫の劉宏や自分の息子である劉弁を毒で蝕んでいたという事実を知ったときは怒りで我を忘れそうになった。実際、宦官を皆殺しにすることを決意し、実行させたことも記憶に新しい。

袁紹らの宮中侵犯とその後のゴタゴタで宦官共を誅したあとも心休まる日はなかった。

最大の後ろ盾であった兄を失い、味方だと思っていた宦官を失ったときは誰を頼ればいいのかさえ分からなくて文字通り途方に暮れた。兄の後釜となった董卓にこの身を預ける覚悟さえ決めていた。

だがそうはならなかった。兄の片腕にして漢の忠臣である李儒が全てを解決してくれたからだ。

そうして生きている中で己がやるべきことも決まった。

弘農にて単身病魔と闘う息子を案じながら、長安にて息子を貶めようとする存在を牽制する日々を過ごした。

古くから自分に従ってきた女官とその家族を取り立て、袁紹らによって穢された女官たちを再雇用してその生家に貸しを作り、王允らが怪しげな奏上をしてきたと知ればその内容を弘農へと伝えて連中の暴走を妨げた。

それもこれも息子の為に必要なことだと思っていたからこそ耐えられた。

そうでなければ即刻投げ出していたに違いない。

そうして待つこと三年。

(長かった。本当に長かった)

苦労に苦労を重ねた日々は確かに報われた。

元々毒と病に打ち勝てるか否かは五分五分と言われていたものの、自慢の息子は見事に病に勝利し、その姿を自分に見せてくれたのだ。

長安を離れ、弘農の門前に着いたときに目の当たりにしたあの雄姿。わざわざ馬に乗り、門前まで自分を出迎えてくれた我が子の姿は生涯忘れることはないだろう。

息子の勝利に貢献してくれた忠臣である李儒に対して自分が褒美を授けようとしたときもそうだ。

もし他の人間がそれを止めたのであれば、自分は間違いなくその無礼を咎めたであろう。

確かな実績を挙げた部下に対して報奨を与えることを止められたなら、その止めた人物を『小人』と見做し、罰を与えただろう。

だが己を止めたのが、息子であり皇帝その人であれば話は別だ。

「家臣への褒美は朕が与えるものだから、母上は自重してください」と、皇帝にふさわしい、実に毅然とした態度で自分を止めた息子の姿を見て喜ばぬ母親がいるだろうか。

いや、いない。

一抹の寂しさを覚えなかったと言えば嘘になるが、やはり嬉しさが勝るのだ。

そう、あのとき、息子が皇帝を名乗るにふさわしい青年に成長したのを目の当たりにしたとき、何皇太后は自分が報われたことを確信したのだ。

それから何皇太后は変わった。

周囲に隙を見せないよう常に気を張っていたのが嘘のように穏やかになった。

息子である劉弁や義理の息子である劉協との語らいを楽しみ、劉弁の妻である唐皇后との語らいを楽しみ、唐皇后の付き人となっていた蔡琰との語らいを楽しんだ。

母として、皇太后として短くも充実した日々を送ることができた。

最早悔いはない。

そんなことまで考えるようになったとき、彼女は一人の少女を見つけた。

その少女は皇帝その人が座す宮中にあって、極めて異色を放つ存在であった。

皇帝とその師兄たち、皇帝の妻である皇后やその付き人と普通に話す少女でありながら、宮中の人間が好むことを何一つしていない少女であった。

厳(いか)つい男どもを叱責する様は小気味好く思えたし、彼女に叱責されて背を丸くする厳つい男どもを見たときなど、思わず亡き兄たちを思い出したものだ。

そして男たちから『お嬢』と呼ばれる少女を見て、彼女はふと思い至ったのだ。

あの少女は自分に似ている、と。

後宮に入る前。宮中の常識など何一つ知らぬまま、ただ実家の手伝いをしていたときの自分は、まさにあのような少女だった。

後宮に入り、あの閉じた空間に蔓延していた幾多の悪意に潰されぬよう気を張る前の自分は、あのような少女だったのだ。

そのことを自覚してからは早かった。

すぐに少女のことを調べた。といっても息子と結婚して義理の娘となった唐皇后に少女のことを聞いただけだが。

もし義娘がわからなければ他の人間に聞こうと思っていたが、その心配は杞憂に終わった。

なぜなら件の少女は、義娘の唐皇后にとってかけがえのない友人であったからだ。

少女の名は董白。漢にその武名を刻んだ大将軍・董卓の孫娘であり、対外的には人質であるものの皇帝劉弁その人が正式な客人として遇することを認めた人物であった。

そんな董白の素性を知ったとき、何皇太后の中に一つの感情が芽生えた。

それは皇帝の母として『何故成り上がり者の孫娘を客人として遇さねばならぬのか』という負の感情ではない。むしろ逆。即ち『彼女をこのままただの客人にするなんてもったいない！』という、いわば近所のおばさん的な感情であった。

もちろん、董白が息子の妻になりたいと言ってくれれば、全力を挙げて応援するつもりであった。何故なら董家ほどの軍閥が後ろ盾になってくれれば劉弁の地位は益々盤石になるし、なにより彼女のような闊達な娘が義理の娘になってくれれば、自分も遠乗りや狩りなどに行くことができる可能性があるからだ。

血筋？　軍閥として確固たる地位を築いている董家の出身であれば、肉屋の娘と蔑まれた自分よりもマシだろう。

もちろん、劉協の妻になりたいと言ってくれた場合も同じ理由で応援するつもりであった。

肉親以外でもいい。李儒や司馬懿は無理でも、徐庶やその他の文官武官であれば喜んで仲介しようと思っていた。

今後のことを考えれば彼女は近くに置く必要があるし、なにより自分と似た境遇の彼女には自分と同じように幸せになって欲しいと思っているからだ。

そう。どれだけ年齢を重ねようとも、どれだけ位人臣を極めようと、たとえ皇太后と呼ばれるようになろうとも、彼女は南陽で食肉加工業者を営んでいた何一家の『お嬢』なのだ。

だから彼女は、自分と同じ匂いがする董家のお嬢に語り掛けるのを止めない。

もちろん彼女が皇帝の母親に迫られて困っていることは知っている。

でもそこに悪意がないから無下にできないのも知っている。

さっきから付き人である王異になんども視線を向けて助けるようにお願いしていることも知っているし、その要請をあっさりと断られていることも知っている。

(ふふっ。可愛くて、面白い。こんな娘がいたらきっと楽しいでしょうね)

弘農に来てからというもの、何皇太后の頬は緩みっぱなしだ。

それを見ている唐皇后の頬も、皇后の傍にいる蔡琰の頬も緩んでいる。

この話を聞けば劉弁も「仕方ないなぁ」と頬を緩めることだろう。

ここは彼女がやっと手に入れた安息の地。

息子が居て、義娘がいる。

ここには彼女が求めた全てがある。

だからこそ、彼女はそれを壊そうとする存在を絶対に認めない。

（王允、楊彪、それと劉焉。ただで死ねると思わないことね！）

子を守る母は強く、残忍である。故に何皇太后に容赦の文字はない。

彼女の覚悟と残虐性を理解し、かつそれを止めることができる存在は一人だけ存在するが、その一人には彼女を止める心算がない。

いずれ老人たちは知るだろう。自業自得。手を出してはならぬモノに手を出した者に与えられるモノはナニカということを。

そこで老人たちは知るだろう。己らが見た夢が結実する可能性など、最初から一片も存在しなかったのだということを。

絶望の中で老人たちは知るだろう。世の中には死が救いとなるような苦痛を授ける方法などいくらでもあるのだということを。

（ふふっ。食肉加工業者の娘が手腕、思う存分振るわせてもらうわよ）

これまでは色々な事情があって我慢しなくてはならなかった。だがこれからは違う。

侮辱には屈辱を。恥辱には凌辱を。悪意には報復を。

「あぁ、愉しみだわ」

弘農に来てからというもの、何皇太后の頬は緩みっぱなしだ。

だってここには楽しい愉しい未来があるのだから。

（ひぃ！　お、王巽！　なんとかして！）

（むむむ無理ですよぉ！）

「うふふふふ」

弘農にて本当の笑顔を取り戻した皇太后。

先帝の心を摑んだその笑顔は未だ健在也。

誰もが見惚(みほ)れる笑みを浮かべる何一家の『お嬢』は、今日も今日とて幸せな日々を送っているのであった。

# 勅の前に

時は五月下旬。先帝劉宏の喪が明ける少し前のこと。

今日も今日とて弘農にて喪に服しつつ勉学に励む劉弁の下に、腹黒外道が訪れていた。

「陛下。劉焉が王允らの背後にいると判明した以上、長安に赴くのは危険です」

「どうしたの急に？」

周囲からは『傀儡』だの『肉屋の血を引く無能』だの『自分で考えることなどできるはずがない』だのと散々な評価を受けている劉弁であるが、それはあくまで悪意を以て世の中に流布された虚像でしかない。

実際の彼は、その環境もあって同年代の子供と比べても賢い部類に入るほどには聡明な子供である。また、現状を正しく認識していることもあり『臣に過ぎぬ者どもが皇帝である朕に無礼な真似をするはずがない！』と言い切るような愚か者でもない。

むしろ周囲から嫌われていることや、なんなら命を狙われていることさえも自覚しているくらいだ。

　それらの前提条件を鑑みれば、今の長安は自分を疎んじる者たちの巣窟と言っても過言ではない。そんなところに行くことがどれだけ危険なことなのかなど、改めて説明されるまでもなく理解している。

　当然そのことは、常日頃から自分の身が危うい事を自覚するよう促してきた李儒とて理解しているはずだ。故に劉弁の興味は、理解していると確信していることをわざわざ念押しして来た理由にあった。

「それで？」

「それで？　とは？」

「いや、続き。あるんでしょ？」

「はっ。ご賢察恐れ入ります」

「いや、二人のときはそういう社交辞令はいらないから」

　当たり前のことを当たり前に尋ねただけで『ご賢察』などと言われても困るのだ。というか、李儒や司馬懿以外が同じことを口にしたら、お世辞を言われたと思って不機嫌になるか、嫌味を言われたと認識して不機嫌になっていただろう。

　無論、時と場所によっては皇帝である自分を褒めないことが不敬となることは理解しているので社交辞令を止めるよう強制はしないが、少なくとも自分たちしかいない場では止めて欲しいというのが劉弁の偽らざる気持ちであった。

そんな彼の気持ちは理解しているものの、李儒には李儒で社交辞令を告げる理由がある。

「いつどこで誰が聞き耳を立てているかわかりませんし、何より必要なときに忘れてはいけませんからな」

李儒が社交辞令を忘れたとて、劉弁が気にしなければそれでいい。というわけではない。

やるべきことをやらなかった結果、周囲から『太傅が調子に乗っている』もしくは『今上の皇帝陛下は自分が舐められたことにさえ気付けないほどの阿呆だ』という風評が立つのだ。

その結果、自分の味方面をした小物から『太傅を叱責するべきです』と言われたり、敵対する派閥の人間が同じことをして『己を裁くのであれば太傅も裁くべきだ』などという開き直りを見せてくるかもしれない。というか確実にそう言った輩は現れる。

もちろん劉弁には両者の仲を裂くための讒言を受け入れる心算は微塵もない。

なんなら「貴様ら如きを太傅と同列に並べるな」と叱責する可能性すらある。

というか、間違いなくそうするだろう。

しかしながらそれをやると、周囲の連中は『アレは公より私を優先する人間だ。皇帝として相応しくない』と言って回るはずだ。

元々勝手な評価や悪い噂を広めようとする儒家の存在を嫌う劉弁としては、無責任な噂に踊らされる程度の連中に何を言われようと痛くも痒くもないと考えているのだが、噂が無駄な反発を生み、結果として政にまで悪影響を与えるようではよろしくないということも理解していた。

「むぅ」

故に、師と仰ぐ人物から改めて『それらを防ぐために常から社交辞令を欠かさぬのですよ』と言われてしまえば、劉弁に返す言葉はない。平地に乱を起こす、とは少し違うかもしれないが、わざわざことを荒立てる必要はないのである。そして無事平時における君臣の在り方を再確認することに成功した主従の話は本題へと戻る。

「長安は危険であるということは、陛下や我らにとっては当たり前のことであっても周囲にとってはそうではありません」

「ん？　どういうこと？」

「長安を都とした以上、いずれ陛下は長安に入る必要があります」

「うん。そりゃそうだよね」

そうとしか言えない。実際劉弁も「長安に行かない」などと一言も口にしたことはない。

「その際、王允らが直接的な手段に出るかどうかまでは不明ですが、少なくとも陛下が長安にて勅を出すことを阻止してくるのは確実です」

「うん。そりゃそうだよね」

劉弁が文武百官の前で勅を発令すれば、それを聞いた彼らは――その内心はどうであれ――必ず従わなければならない。

聞かなかった。知らなかったは通じない。まして喪明けに劉弁が出そうとしている勅は名家が得意とする曲解や解釈違いが入る余地を完全に潰しているし、なによりその内容は皇帝や丞相の代理人として自分たちに都合の良いように勅を利用してきた連中にとってかなり不都合なものだ。

そのため何としても勅の発令を止めようとするか、もしくはその内容を改めるよう嘆願してくるだろう。

もちろん、絶対権力者である劉弁がそれに従う必要はない。

属尽への特権を廃止するという大改革に隠れて、長安から離れることに抵抗を示すであろう王允を幷州へと移動させ、その黒幕である劉焉を益州から青州へと移動させるよう厳命することは確定事項である。

だがしかし、三公である王允や楊彪の嘆願を切って捨てたという風聞が流れるのは面白くない。

なぜならそれによって損をすると考えた連中が、大なり小なり抵抗をしてくることが目に見えているからだ。それも文字通り正面から反逆するのではなく、サボタージュに近い態度を取って邪魔をするはずだ。

例えば「派兵する兵の準備ができていない」とか「道中の県で受け入れの準備ができていない」とか「遠征に必要な物資の用意が遅れている」とか「物資を準備している最中に一部で天候が悪化してしまい予定していた分が集まらない」とか、様々な口実を用意してくるだろう。

（連中ってそういうのだけは得意なんだよねぇ）

劉弁としては、どのような形であれ自分の邪魔をする連中を生かしておきたくはないと思っている。だが現実問題としてそれらを排除した場合、政が回らないことも理解している。

故に無駄に役人どもの反感を煽ることになるであろう『王允や楊彪からの嘆願を無視した』という形は取りたくない。

ならば彼らの嘆願を受け入れるのかと言われれば、それはあり得ないことである。

そんなことをすれば劉弁の願いは叶わないのだから。

というか、劉弁のことを認めようとしていない者たちは、そもそも劉弁に『勅を発した』という実績を与えたくないので、なんとしても勅を出させないようにごねることが目に見えている状態なのだ。

そうである以上、劉弁が長安にて勅を発令することは不可能に近い。

ではどうするかということなのだが。

「誠に畏れ多いことではありますが、陛下におかれましては都の長安ではなく、ここ、弘農にて勅を発令して頂きたいと奏上しに来た次第です」

要するに『長安で勅が出せないのであれば長安に入らなければいいじゃない』と言うわけだ。

ある意味では当たり前とも言えるこの意見だが、この時代の人間からすれば決して当たり前のことではない。

なにせ皇帝である劉弁が先帝の喪が明けてから初めて発する勅なのだ。

それは本来都で文武百官を揃えて行われるべきものである。

それが従来の都であった洛陽ではなく長安にて行われることになるのは、昨今の事情を鑑みれば仕方がないと諦めもつくだろう。一応高祖が漢を興した際の都は長安なので、原点回帰と見れば悪いことばかりでもないという言い訳も立つ。

しかし弘農は違う。確かにこの地は洛陽と長安を繋ぐ交通の要衝として栄えてきた地ではあるが、弘農には過去に漢の都になったという事例はないし、なによりここには文官のトップである司徒・王允も司空・楊彪もいなければ、武官のトップである大将軍・董卓もいない。

当然彼らに従う名士もいないし、皇帝に忠義を誓っている皇甫嵩や朱儁と言った著名な将軍さえいない。もっと言えば彼らを呼ぶ気がない。

これの何が問題なのかというと、これら全員がいないところで勅を出すということは、即ちその場に呼ばれなかった全員の面目を潰すことになるのである。

彼らからすれば『俺がいないところで勝手にそんなことしやがって！』となる。

それだけではない、文官も武官も揃っていないところで初めての勅を出した劉弁自身の面目も潰れることとなるのだ。

これは『あんなところで勅を出すなんて、正気か？　新帝の周囲にはまともな意見を言える人間はいないのか？』という類の疑いをもたれると同時に『新帝は人を集めることができなかったのだ』という嘲りの根拠となってしまうからだ。

実際弘農で勅を発令した場合、劉弁はかなりの確率で周囲から侮られることになるだろう。

皇帝は侮られてはならない。常識だ。

よってこのような奏上をされたのであれば劉弁は「朕を舐めているのか！」と激昂しなくてはならないし、弘農にて勅を発令して欲しいという李儒の奏上を却下した上で、自分が長安で勅を発令できるような策を示すよう命令をしなくてはならない。それが皇帝として求められる姿であるのだからして。しかしながら、腹黒外道と無表情に鍛えられた劉弁は、そんじょそこらの皇帝とは規格が違った。

「うん。まぁ、そうなるよね。それで？」

なんと劉弁という少年は、己の面目が潰れることを当たり前のように受け入れることができる男であった。というか、昔から散々侮られてきた経験を持つ彼は、今更面目をどうこうしようと考えていなかった。

むしろ『馬鹿にするならすればいい。侮るなら侮ればいい。朕はその隙を利用する』と、自分が侮られることを策の一部と考えるほどに割り切っていたくらいだ。

当然のことながら、劉弁は己の師である男が自分に輪をかけて面目を気にしない男であることを知っている。そんな彼がわざわざ奏上の形を取ってまで意見してきたのだ。単純に『弘農で勅を発令して欲しい』などという内容で終わるはずがないと確信していた。

ちなみに面目を一切気にしない李儒や劉弁とは違い、司馬懿はかなり誇りたかく、面目を潰されることを何よりも嫌うタイプの人間である。

もちろん師や父に散々鍛えられたので、どれだけ面目を潰されようとも表面上は気にしていないように擬態することはできる。擬態はできるのだが、それは飽くまで擬態であるため、往々にしてその内心は煮え滾っているし、どれだけ月日が流れても与えられた屈辱に倍する報復を終えるまでは絶対に忘れないだけの記憶力も有しているので、彼を挑発する際は相当の覚悟が必要となることを明記しておく。

徐庶？　彼は個人的にはどれだけ罵倒されても耐えられるタイプである。母親さえ馬鹿にされなければ切れることはないだろう。母親さえ馬鹿にされなければ。

ただまぁ、この時代は本人ならまだしも父祖や母を冒瀆することはそのまま戦争案件なので、徐庶が特段酷いというわけではない。

そういう意味で言えば劉弁は常に母を馬鹿にされていることになるので、全方位に戦争を挑んでも許される……かもしれない。

物騒な考察はさておくとして、本題である。

劉弁が読んだように、李儒の奏上は弘農での勅がどうこうというものではなかった。いや、正確には勅も無関係ではないのだが、少なくとも場所は関係なかった。

「陛下も御承知の通り、弘農にて勅を発令した場合はどう転んでも侮られることになります。陛下を侮った連中にはいずれ結果で以て分際をわからせますが……その先触れといたしまして、長安にて陛下が来るのを待ち構えている者どもが激発しやすいよう、勅の内容を変更してみてはどうかと思いまして」

「どうせ挑発するなら徹底的に、か」

「そのとおりにございます」

「ふーん」

内心で見下している劉弁に無視されたうえ、皇帝を迎えるため準備万端で待ち構えたところを素通りされる。これだけでも長安にいる王允らの面目は大いに失われているが、それをさらに助長しようというのが李儒の策であった。

「王允の下には劉焉から様々な指示が出ているでしょう。故にそれを完全に無視した命令を出しつつ、劉焉や王允の周囲を揺さぶるような内容を考えてみました」

「なるほどねぇ。具体的には？」

「まずは王允に将軍職を与えて并州へと向かい、袁紹に従う連中を排除するよう命じます」

「ほうほう。アレにとって一番大事なことである権力の中枢に居座ることを禁じるんだね？」

「左様。司徒に兵を持たせた前例はありますし、なにより并州の出である王允を并州へ派遣するのは自然なことですからね」

「なるほどねぇ」

「さらに劉焉にも益州から青州へと向かうよう命じます」

「西南から北東だね。大移動もそうだけど、確か青州って今は相当荒れているんじゃなかった？」

「はい。現在は孔融の無策に加え黄巾の残党が集まっている関係でまともな統治ができていない地にございます。並大抵の手腕では落ち着かせることが困難かと思われますが、短期間で益州を纏め上げた実績を持つ劉焉様であれば問題なく平定できるかと愚考いたします」

「良く言うよ」

劉焉に限らず、今の青州は誰が刺史になっても絶対に平定することはできない。何故なら彼らが暴れているのは、統治者の徳がどうこうではなく、そうしなければ食べていけない状態まで内情が悪化してしまっているからなのだから。

もし青州を平定しようとするのであれば、圧倒的な武力で以て現在賊となっている連中の主力を蹴散らした上で、素直に官憲に従う者に食糧を分け与えつつ開墾作業などを行わせるという、非常に地道な作業が必要となる。

当然即効性などない。正常な状態に戻すまでは少なくとも五年は必要だろう。

だが今の劉焉に青州で五年待つという選択は取れない。

そもそも彼は益州から離れることができないのだ。

彼にとって長安を睨める地にいることは今後の策を成すための絶対条件なのだから。

「で、勅に従わないことを理由に討伐、かな?」

「左様にございます」

当たり前の話だが、劉弁にとって劉焉の事情なんざ知ったことではない。

まして彼は宗室の長老として自分を支えようとしているのではない。

謀反を目論んでいることが判明しているのだ。

そんな輩になぜ配慮する必要があるというのか。

「うん。悪くないね。母上と協の説得は朕がやるから、細かいところは任せても良い？」

「御意」

劉焉も王允も滅ぼすべき敵である。ならば容赦の必要はなし。

勝利の為に己の面目を潰す必要があるというのであれば、喜んで潰そうではないか。

己が泥に塗れる必要があるというのであれば、喜んでこの身を泥に浸そうではないか。

この程度のこと、負けることさえできぬ身であったころに比べればなんの痛痒も感じぬわ。

李儒の提案を受け入れることを決めた劉弁は、己の周りで最も己の面目が潰されることを嫌う人物の説得に当たることとなる。

それから数日。劉弁は「自分はどれだけ馬鹿にされてもいい！　でも貴方の面目が潰されるのは我慢できない！」と言って涙を流しながら抱きしめてくれた母や「あいつは兄上の面目をなんだと思っているんだ！」と言いながら真剣を携えて駆け出した弟を同時に宥めるという快挙を成し遂げることに成功した。

「疲れた。本当に疲れた。それもこれも全部あいつらのせいだ……」

長く苦しい戦いを乗り越えた少年の眼には、自分がこのようなことをしなければならなかった元凶たちに対する隠しきれない怒りと殺意が込められていたという。

# あとがき

初めましての方は初めまして。そうでない方はお久しぶりでございます。

前巻に引き続き拙い妄想を文章化して読者の皆様のお目を汚しているしがない小説家の仏ょもでございます。

内容に関してはあまり詳しいことは書けませんが、弟子として動いていた司馬懿少年が表舞台に立って動いたことや、反董卓連合後の群雄割拠とそれら群雄による戦乱の世を生み出したのは誰か？　という考察を楽しんでいただく内容となっております。

反董卓連合の盟主にして、連合解散後に仲間であったはずの冀州牧・韓馥を陥れて冀州を手に入れた袁紹か。

袁紹に対抗すべく精力的に各地に手を伸ばしていた袁術か。

それとも反董卓連合に参加せずに幽州で力を蓄えていた公孫瓚か。

はたまた反董卓連合で名を挙げた曹操か。

様々な意見があると思いますが、自分が注目したのは『董卓の死』と、その後に発生した長安近郊での争い、そしてそれによって利益を得る人間は誰なのか？　という点でした。

当然、王允も呂布も董卓を騙し討ちにした時点で董卓軍の残党が自分たちに牙を向けることは理解していたでしょう。

同時に、数年前に二十万を超えたとされる反董卓連合を真正面から打ち破った軍勢に対して、真っ向勝負を仕掛けて勝てると考える程ほど愚かではなかったと思います。

では董卓を討ち取った後、彼らの勝算はどこにあったのでしょうか？

呂布がいる？　個人としては優秀かもしれませんが、将帥としての力量が不明瞭な（反董卓連合で孫堅に敗れている）人間を計画の要にしますかね？　しかもその人、噂だと女性を宛がわれて養父を裏切った人ですよ？

王允が説得する？　無理でしょ。散々董卓を利用しておきながら裏切った輩の言うことなんて聞くはずがないですよね。

皇帝である劉協を抱えている？　袁紹でさえ後宮に兵を入れたというのに、頭に血が昇った涼州勢がそんなことを気にしますかね？

どう考えても董卓軍の残党に勝てるとは思えない。そう考えたとき、董卓軍の残党を率いていた李傕や郭汜が馬騰と戦っていたことや、益州の劉焉が馬騰に呼応して長安に侵攻していたところが気になりました。この時点で、馬騰と劉焉の間になんらかの繋がりがあったのは確実でしょう。

そこに王允が絡んだとすれば、董卓亡き後も政権を維持することも可能なのでは？　と考えたのが今回の考察の根幹部分となります。

そうして調べてみると、劉焉は最初から野心を持って益州で力を蓄えていたことがわかったんですね。

彼に関しては、乱世になるかならないかの時点でしかなかったのに、党錮の禁や洛陽の権力争いから距離を置こうとしていたことや、そのために州牧制度の復活を霊帝劉宏に進言していたこと、さらには益州には天子の気があると告げられるや否や自分が益州牧となるよう動いていたことなどがわざわざ文献として残されているほどですから、彼の動きは当時の人から見ても随分と怪しいものだったのだと思われます。

誰から見ても怪しい動きをする男、劉焉は益州に入ったあとも様々な悪だくみを実行しています。詳しい内容は省きますが、色々とやらかしたために同族であるはずの劉表からも『野心があるぞ』と告発されるほどあからさまにやっていたほどです。

そんな彼が王允に接触しないなんてことがあるでしょうか？　いや、ない。

劉焉が中央を押さえるためには、後ろ盾はないが確固たる武力があり、宗室どころか皇室の人間さえ歯牙にもかけない精神性を持つ董卓は邪魔者以外のなにものでもありませんでした。同様に、遷都や粛清で数を減らした名家閥を纏めている立場にあった楊彪も潜在的な敵と言えたでしょう。

反対に王允のような、地位はあれども後ろ盾のない人間は都合が良かったはずです。

長安に残された面々にしても、自身ではなんの力も持たないお飾りの皇帝である劉協や、実績も人望もない王允に従うことは難しいかもしれませんが、それらを宗室である劉焉が補完するというのであれば従うこともやぶさかではなかったのではないでしょうか。

実際幽州出身の徐栄などは王允に降っていますからね。

こうして王允は象徴としての皇帝を取り込んだだけでなく、益州という地盤を持つ宗室の後見を受けることができました。その後は呂布が率いる幷州勢と、馬騰らが率いる涼州勢と羌・胡の軍勢、これに劉焉が治める益州の軍勢が加わります。これだけの力があれば、董卓軍の残党も敵ではない。王允がそう考えたとすれば、彼が董卓の暗殺に踏み切ったことも、その後の勝算があったからだと理解できます。

もちろん劉焉は王允の狙いを知った上で利用したことでしょう。

具体的には『皇帝の信認厚かった相国を討ち取らせる』とか。

『相国の配下からの恨みを一身に背負ってもらう』とかですかね。

そうして王允には彼らの暴走を引き受けてもらったあとで、自分は何食わぬ顔で悠々と長安に入り、宗室の長老として皇帝を補佐する立場に収まる。その後は劉協を操りつつ自分の子供や親族を嫁がせて皇帝にする。というのが彼の狙いだったのだと思っています。

まぁ全部作者の妄想なのですが。

長々と愚にもつかない妄想を書き連ねましたが、結局のところ真相は闇の中です。

その闇の中にあるものをどれだけ想像して楽しめるかがこういう小説だと思っております。読者の皆様におかれましては、こうした作者の妄想も一つのエッセンスとして楽しんでいただければ幸いです。

　最後になりますが、前巻に引き続き拙作の六巻を出すことを決意してくださったアース・スター様。イラストを担当していただきましたＪＵＮＮＹ様。作者のせいで様々な苦労をしている編集様。そしてＷＥＢで応援して下さった読者様と、拙作をお手に取って下さった読者様。その他、関係各位の皆様方に心より感謝申し上げつつ作者からのご挨拶とさせていただきます。

ありがとう
ございました！
JUNNY
ジュンニー

才能がないと言われ、
磨き上げた最底辺スキルの
防御技【パリイ】で

無自覚最強は
危機に陥った王国を救えるか!?

# 偽典・演義　6
## ～とある策士の三國志～

発行 ―――――― 2023年11月15日　初版第1刷発行

著者 ―――――― 仏ょも

イラストレーター ―――――― JUNNY

装丁デザイン ―――――― 舘山一大

発行者 ―――――― 幕内和博

編集 ―――――― 古里 学

発行所 ―――――― 株式会社アース・スター エンターテイメント
〒141-0021　東京都品川区上大崎 3-1-1
目黒セントラルスクエア　7F
TEL：03-5561-7630
FAX：03-5561-7632

印刷・製本 ―――――― 中央精版印刷株式会社





ISBN 978-4-8030-1864-6